且惜今朝

刘起伦 著

天津出版传媒集团

百花文艺出版社

图书在版编目（ＣＩＰ）数据

且惜今朝 / 刘起伦著 . -- 天津：百花文艺出版社，
2024. 12. -- ISBN 978-7-5306-8900-4

Ⅰ. I247.7

中国国家版本馆 CIP 数据核字第 2025JL5460 号

且惜今朝

QIE XI JIN ZHAO

刘起伦　著

出 版 人：薛印胜
责任编辑：李　爽
封面设计：鸿儒文轩
出版发行：百花文艺出版社
地址：天津市和平区西康路 35 号　　邮编：300051
电话传真：+86-22-23332651（发行部）
　　　　　+86-22-23332656（总编室）
　　　　　+86-22-23332478（邮购部）
网址：http://www.baihuawenyi.com
印刷：三河市华东印刷有限公司
开本：880 毫米×1230 毫米　1/32
字数：150 千字
印张：7
版次：2024 年 12 月第 1 版
印次：2024 年 12 月第 1 次印刷
定价：58.00 元

目　录

聂小云

"通过失去，我们联系在一起。"

聂小云写在本子上、现在看来仍充满悖论又富有哲理的这句话，对于当年十二岁、小学四年级在读的我，无疑太过深奥。而写下这样莫名其妙的句子的她，却比我还小半岁。直到那个特殊的日子到来，这句话恰好可以用来比喻她与我之间的那份纯洁、短暂又深远的友谊。那是我人生收获的第一份友谊，是在我痛苦不堪的情况下得以确认的。

刚开始，我并不承认她是我朋友。后来我俩之间见面有点像电影里演的地下党，叛变前的王连举和李玉和通过信号灯的闪烁秘密接头。那时，男同学和女同学的关系接近于我在《科学常识》课刚刚学会的一个词——"天敌"，至少在学校里是老死不相往来的。如果被其他男同学发现我居然和一个女生在一起玩，那我还不被笑话死！何况这女生还是个聋子。

我永远记得第一次见到她时，她狼狈不堪的样子，这让我很长一段时间在她面前都占据着心理优势。那是快要放寒假的日子，我从离家五六里远的白石铺镇小学放学回家，刚走到村东头外，看到一个女孩被满伯娘家的大黄狗追得哇哇大哭。我开始觉得好笑，想多看一会儿热闹，但她被什么绊着，摔了一跤。那一刻我动了恻隐之心，喝住老黄狗，上前把她扶起来，看见她红苹果一般的脸蛋被哭出的泪水弄花了。我问她是谁，她摇摇头。看来是被吓傻了，惊魂未定。她拽着我衣袖跟着我回村子。长这么大，我还是第一次被一个陌生女孩这么拽着，可想而知，我是多么不自在。我想甩掉她的手，可她死死抓住不放。让我窘迫的是，我身上穿的棉袄又破又脏，有很多裂口，灰白的棉花像狗舌头一样伸了出来。好在她摔了跤，红色灯芯绒衣服也沾上不少泥土，脏兮兮的，也好不到哪去。

她不是我同学。她是跟着妈妈从城里来到这个我祖宗三代从来没走出过的、叫八状门的湘南小村的。同来的，还有一个看起来比我们大了六七岁的哥哥。

一个偏僻的小山村里突然出现从大城市来的一家三口，不说像地震那般轰动，至少也要引起一阵不小的骚动。母亲告诉我，应该管那个长得像《龙江颂》里的江水英的漂亮城里女人叫姑妈。她是我曾经听说过、却从来没见过的三爷爷的女儿。三爷爷在我爷爷那一辈里七个堂兄弟中排行第三，年轻时跟着他父亲到广东挑盐，路上遇到了红军队伍，为了吃上饱饭，扔下担子就跟着当兵了。那是朱德的部队，他就这样上了井冈山，当了红军，最后编入刘伯承、邓小平的二野，西进川东，从重庆一直打到峨眉山。新中国成立后，他就地转业，在省公安厅当了副厅长。当了大官的三爷爷回过一次八状门，好多地区和县里干部都陪着他，光小轿车、吉普车就有四五辆，可威风了。他给葬在云母顶的父母上过坟后，自掏腰包办了十八桌酒席，请全村男女老少吃饭，感谢故土养育之恩和离家后乡亲对他父母的照顾。那时，我母亲都还没嫁到八状门来。后来青苍江大队老辈人回忆起三爷爷，无不竖起大拇指，说要不是三爷爷打仗不怕死，总冲在前头，负伤多，身体吃了大亏，去世早，只怕还可能去到北京当官呢。

这么说来，那个大男孩和被老黄狗追的小女孩自然是我的表哥、表妹了。他们一家三口住在村东头满伯娘腾出来的两间土坯屋里，那土坯屋本就是三爷爷的。我家住村西头，我上学放学都经过他们家门口。

"他们好好地在大城市待着多好，怎么到八状门来？"

"你细伢子不懂，别乱问！"

"城里姑妈没有老公吗？"我已经习惯管这个城里来的姑妈叫城里姑妈了。那时的我正处在一个对什么事都充满好奇心的年纪，还是忍不住问。

"说你细伢子不懂，就别打听！"母亲声调提高了八度。

"不问就不问。"我小声嘀咕着，可心里想，我总会知道的。

他们到底是大城市来的人，尽管穿着也朴素，却干净得体，不像我们身上都是补丁加补丁。而且，他们从上至下、从里到外都透着一股和我们土生土长的乡下人不一样的气质。特别是聂小云，就是被老黄狗追的那个妹子、我堂表妹，水灵灵的。我搜索枯肠，最终能够形容她的只有三个字加一个标点符号：真好看！

当然，如果是三五年后，完全受她影响、爱读书、爱上看小说的我会把读过的《红楼梦》里那个傻乎乎的贾宝玉的话送给她：

"天上掉下个林妹妹。"我刚进入初中,国家就恢复了高考制度。也就是说,农家子弟可以通过考试跳出"农门",将来可以当国家干部、吃国家粮,这是多美的事情啊!而学习成绩好的我,能因此被老师看重、被同学羡慕,让我一扫昔日的自卑,这也是后话。

在我三岁那年冬天,我的父亲在乌山冲水库工程里因为放炮炸石头,炸掉了自己的右手。为了照顾他,生产队把他派去喂养那头属于集体的水牛。这是半劳力的事,每天只挣全劳力一半的工分。这让父亲深感在人前低了一等,本来沉默寡言的他更加沉默。有一个残疾父亲,让我整个小学期间在同学们面前都低人一等,生性孤独的我更加孤独。父亲的沉默和我的孤独,就像水牛眼睛里的那潭深水,黑色、静止。

在遇到聂小云之前,我像个独行侠,不论上学放学,还是到乌山冲砍柴、采茶泡、摘酸枣,从来都是一个人。我没有朋友,更不知道"友谊"这个词语有着怎样实实在在的内涵。

"你生命里遇到的每一个人都是命中注定遇到的人。"不知谁说的这句话,道出了生活的真谛。若干年后,当我老得只能坐在轮椅里回忆往事的时候,我还会认定,那个被老黄狗追的女孩,是上苍派到八状门来给我做朋友的。

她不是天生聋,可以讲一些单词,但语速很慢很慢,很吃力。她效率最高的交流方式还是打手语,但不是所有人能够明白手语的意思。因此她最擅长的是在一个随身携带的本子上写下自己的话,以这种方式和别人"交谈",当然,交谈的对象要识字。

得到她充分的信任后,她"告诉"了我很多她家的核心"机密"。此前，她妈妈是省歌舞剧团的小提琴独奏演员，爸爸是大学教授，被打成了"右派"，成天游街批斗，后来被下放到"五七干校"。她是在妈妈千里迢迢去干校看爸爸时得的病，那两天她发高烧，哥哥却不知跑哪儿去了。最后她被好心的邻居送到医院，打了三天庆大霉素退了烧，耳朵却失去了听力。那年她才四岁，到了七岁时，她进了聋哑学校。她还"告诉"我，她长大要当作家，她已经写了满满一大本子的童话，将来还想写小说，把她外公，也就是我三爷爷的故事写出来。

我们开始的交往是地下的，秘密的。我们怕大人们知道，更怕被白石铺小学其他同学知道。有时，想到这种交往好像地下党一样，冒险又刺激，我就抑制不住地兴奋，整个身体都会因充满期待而战栗。

父亲总会在星期日挑一担放牛时砍的茅柴去白石铺镇集市去卖，以此补贴家用。这一天，放牛的工作自然就交给了我。

有个星期日的下午，我在后山云母顶放牛，正坐在草地上百无聊赖时，聂小云来了，还带来一本《鸡毛信》连环画。她的从容让我紧张的心放轻松了。她把书递到我手里，自己趴在我身边松软的草地上，卧倒。而我沉浸在书中的故事里。小人书很快看完了，我盯着草地上被她手肘刚才压出来的凹坑出神。而她不知什么时候坐了起来，正看着天空发呆，凝视的眼神里充满了渴望。这神态我熟悉，好几次放学回家路过她家门时，看见她正在对已经熟悉自己的老黄狗"自说自话"着。城里姑妈有次和我母亲闲聊时说，这个丫头有了自己的秘密。

阳光从天空透过松针洒落下来，在我们身上留下了斑驳的光影。我眼中的她，像在微笑，但脸上又并没露出微笑的痕迹。

突然，她发现我在看她，脸一下子羞红了。她用手肘碰碰我，示意让我也看天。天空好蓝，几朵白云在悠然地飘着。她用简单的手语比画着告诉我，她喜欢看云。随即她又迅速拿出随身带着的圆珠笔，在本子上写下了一句话：清贫的蓝天里，我是一朵最干净的云！

聂小云说她能听到我的心跳，这是她唯一在做梦之外能听到的东西。这让她无比依恋我。

而我孤独的内心正在慢慢地被一种莫名的幸福感填充得满满的。也许我现在就是生活在她笔下的童话世界里，只是自己没意识到。

她"悄悄"告诉我，在梦里，她能听到雪落下的声音、月光落下的声音和花开的声音，那是世界上最好听的声音。她还"说"，只要一醒来，这些最好听的声音就被风吹散了。也有一部分好听的声音躲藏在她妈妈的小提琴里，被保存了下来，这是她一个人的秘密，她连妈妈也没告诉。她还"说"，如果做一个长长的梦，永远不醒来，就会永远陶醉在这美妙的声音里，可是这是不可能的，她不得不面对令人讨厌的醒来。有时夜深人静，她会偷偷抱着妈妈的小提琴。在她的呼唤下，躲在小提琴里的小精灵会一一醒来，发出灵魂的歌唱。

我摇摇头，表示自己的怀疑。她是聋子啊，她的世界怎么会有声音？

见我不相信她，她有些着急。只见她在本子上重重地写下一行字：有些东西，通过失去，把我们联系在一起！

天地良心，我完全不明白她表达的是什么意思。但看她着急的样子，我居然感到了心疼。于是我赶忙点点头，假装相信了她。

她笑了，笑得好甜好甜。我平生第一次感到一个人居然能如此完美，就连耳聋也不过是一个可爱的缺陷。

一次，妈妈和哥哥都不在家，聂小云把我"喊"到了她家里。她打开一个长长的黑匣子，拿出一个东西让我看。原来这就是传说中的小提琴。

我当然知道世界上有这样一种乐器，但从来没见过，更没听过它的声音。我很惊讶，小提琴有四根弦，比二胡多两根，而且样子娇小洋气，这么一比较，二胡显得"土气"不少。而且，我还发现，小提琴琴箱的两边会从中间非常流畅地凹进去，像城里姑娘好看的腰身。而我母亲，以及村子里的伯母婶子们都上下一般粗，根本没有腰身。

让我更加兴奋的是，她还打开一个樟木箱子，里面满满装的全是书！有小人书，有什么《伊索寓言》《安徒生童话》，还有我从来都没听说过的小说，甚至还有本蓝色塑料封皮的《新华字典》。她打着手语"告诉"我，这些都是她的，她最宝贵的东西。

"时间如白驹过隙。"我终于可以在老师布置的每周一篇的作文里引用这样的句子了。事实上，时间真的过得飞快，不知不觉间聂小云一家到八状门已经一年了。

这年冬天，八状门发生了两件大事。

一个偏僻小乡村发生的大事，无非东家娶亲，西家嫁女，某人添了丁，某家老了人。这些事情看似普通，却能像尖锐的羊角刺一样，扎进乡村麻木的生活，激活人们的神经，带来一段时间的兴奋点和话题。

第一件大事，聂小路参军了。哦，聂小路就是聂小云那个总冷着脸从不喊人的哥哥。"一人参军，全家光荣。"尽管聂小路这人不怎么讨喜，可毕竟村子里每一家都和三爷爷没出五服，善良的乡亲们都像自己家有人参军那样高兴和光荣。

聂小云找到我，给了我一沓钱，一角的、两角的，总共有一块。这些钱是她攒下的压岁钱。她请我午间休息时，帮她到白石铺街上的百货大楼买一个笔记本。这是件光荣而神圣的任务，除了每个学期开学时带着交学费的钱外，我身上还从来没揣过这么多现金。这弄得我一个上午都没专心听课，连体育课也不敢去上，谎称肚子痛向体育委员请假。因为那笔巨款放在身上怕掉，放教室里怕偷。午休时，我到百货大楼文具柜台，精心挑选后花五角八分钱买了一个内页印着彩色样板戏《智取威虎山》剧照的笔记本。而且它的塑料封皮是绿色的，和绿军装的颜色一样。回到村子里，我把笔记本和剩下的钱都给了她。为了感谢我，她硬要给我一角钱。我毫不犹豫地拒绝了，虽然那时一角钱对我来说称得上是一笔"巨款"。记得去年放寒假前，班主任老师扣除完开学时交的学费与本学期花的学杂费后，要我再给学校补交一分钱。当时我身上没有，寒假作业本就被扣在了学习委员手里。学习委员仅仅因为她爸爸是磷肥厂工人，哥哥是小学老师，就高傲得像个公主一样。直到母亲从满伯娘那里借来一分钱，我才得以跑到上游街学习委员她家里拿回了作业本。

见我拒绝得很坚决，聂小云也没再强求。她只甜甜地冲我一笑，便伏下身子在笔记本扉页上工整地写下了几行字。

我一字一顿地小声读着："哥哥，愿你选择的所有道路都是最正确的那条！妹妹。1975年12月22日。"我觉得她写出来的话都好有学问，都那么高深！

聂小路带着整个八状门村的祝福到部队去了。有人说，希望他也能当上他外公那么大的官。

在第二件大事发生前的一段空隙中，发生了一件属于我个人的大事。

俗话说：纸，终究包不住火。我总和聂小云一起在后山云母顶放牛、打猪草，一起看书的事，被班里同学知道了。

那个星期一，我还没踏进学校门，刚走到文化街口，我们班的班长、青苍江大队张支书的小儿子、绰号"暴牙齿"的张衡山就等在那儿，向我发难。他身边总是跟着张家大院的两个同学，"哼哈"二将。"暴牙齿"劈头盖脸地责问我："为什么总是和一个女同学混在一起？"

"她不是女同学，是我亲戚，我表妹。她妈妈是我姑妈！"我满脸通红，还是心平气和地和他们解释。

"哦……原来聋子的妈妈是你姑妈。""暴牙齿"怪声怪气地说，"那你知不知道你姑妈勾引人？"

"你凭什么骂人！"

"难道我说错了吗？我妈说过，本来该我表哥去当兵，是她勾引别人，才让她儿子去了！"

"你胡说！你表哥耳朵里不是长了个东西，体检没通过吗？"今天我不知从哪来的勇气，要是平时，我怎么也不敢和大队支书的儿子大声说话。

"放屁！那是胡说八道！就是你姑妈勾引别人，才让她儿子去了！"

"你才放屁！放狗屁！他外公是我三爷爷，是红军，是革命烈士。他是革命烈士的后代！"我感受到了侮辱，以前所未有的理直气壮姿态，大义凛然地说出了一连串的话。我说我三爷爷是革命烈士，是因为我认为，只要是红军、是老革命，不管怎样去世的，都应该是烈士。

"暴牙齿"哪里受过这样的轻蔑，何况这轻蔑还来自青苍江大队一个残疾人的儿子。他气急败坏，大喊一声"打！"就连同他的两个"狗腿子"不由分说地围了上来。可他们哪里料到，平时不哼不哈的我，有一身蛮力和受到侮辱时空前爆发出的巨大勇气。我以一敌三，他们完全没占到便宜，直到看到路过同学报告前来的校长和我们班主任老师出现，一场混战方才终止。

我们都被校长"请"到了学校办公室写检讨。班主任还分别派同学把"暴牙齿"的妈妈和我妈妈喊到了学校来。

支书的老婆看到"暴牙齿"右眼肿起、鼻子和嘴角挂着血丝，黑着脸很想发作。但校长说："他们三个人打一个，而且先动手，你还好意思说别人？先教育自己孩子吧。"

校长对我母亲也进行了批评，并让我们当着各自母亲的面，保证出校门后不再斗殴。然后他让我们今天不要上课了，跟着家长回家好好反省。

让我感到奇怪的是，回家路上，母亲没责骂我一句，也没多说一句话。让我更奇怪的是，母亲回到村子，让我在门外等着，自己先回家和父亲说明了情况。父亲居然也没揍我。要是平时我犯了错，父亲会用他仅剩的左手，在我额头狠狠给上一栗爪，让我的额头鼓起一个包。母亲会找来两个旧火柴盒，撕下鳞皮，贴在我额头还在流血的伤口上，然后找来一条干净的旧布缠上。

寒假刚过几天，就是我外婆的生日。那天一大早，我就被母亲从热被窝扯起来，被指派着带上一只老母鸡、半斤肉、一包挂面去给外婆祝寿。我没半分犹豫，因为我也想到外婆家去，好带回一些酸枣糕。

我外公外婆家在乌山冲水库的最里面。秋天，我总要利用一两个星期日到他们家。我漫山里跑，爬上高高的酸枣树，摘下好多酸枣，然后只带一书包酸枣回家，把酸枣放在一个纸箱子里，上面用米糠覆盖着。更多的酸枣留在外婆家里，让外婆做酸枣糕。

青皮的酸枣放在米糠里捂几天，皮就变黄了，可以吃了。小时候，我一直认为那种又滑腻又酸的味道是人间最美妙的味道。

我当然会给聂小云吃。刚开始她被酸得龇牙咧嘴。慢慢地，她接受了，并喜欢上了这种味道。我能感觉出她吃酸枣时，心里美滋滋的。

我要来她的圆珠笔和本子"告诉"她，下一次我到外婆家，还带酸枣糕回来给她吃。可是"酸"和"糕"两个字我都不会写。我想过用拼音，可我的拼音也没学好。最后我只好在纸上画了个酸枣大小的椭圆形，还举起一枚酸枣晃一晃，在椭圆后面加个"高"字。我猜她明白了。她好聪明的。她坏坏地笑了，又郑重其事地点了点头。

我在外婆家住了一晚。这个冬天发生在八状门的第二件大事、一件黑暗的大事件，在我去外婆家时不可避免、不可逆转地发生了。

我从乌山冲外婆家一回到村子就得到噩耗：聂小云死了！

我回到家里，看见屋里摆着一个樟木箱子，里面全是书，还有那本蓝色塑料封皮的《新华字典》。我曾见过这些，它们都是聂小云最心爱的东西，陪伴她度过了失聪的童年和少年。母亲说，这是城里姑妈遵从聂小云遗愿留给我的。

母亲还告诉我，昨天傍晚，聂小云哭着到我家来找我。后来，我又隐约听村里的婆婆妈妈们咬耳朵，昨天大队张支书到我们生产队来了，进了我们村……

我无法控制自己不去想她。我想起她和我认识后的一切事情和点滴，尤其我们一起在后山松林里阅读小人书《鸡毛信》时，她手肘在长满青草的松软的地上压出的小小凹坑。这思念最终化作一种悲哀的力量，将我彻底压倒了。直到这一刻我才知道，自己与她存在一种纯洁的、真正的、被叫作友情的东西。只是当我明白这点的同时，它已经永远地不存在了，就像我满伯娘的儿媳、阳秀嫂子因为家里太穷跟一个收荒货的跑了，永远地离开了青苍江和孝生哥一样；还有父亲的右手离开了他的身体一样。如今，聂小云带着她所有的童话和再也不可能写完的小说，离开了我。

我想起我吃斋念佛的奶奶生前说过的一句话："一个人的肉体只是僵死的皮口袋，灵魂才是活着的，是一条看不见的小江小河，在离开肉身的同时也找到了回家的路。"说实在的，以我的年纪和阅历，那时根本不懂她的话。而学校老师教育我们不要信迷信，要信科学，于是我也不再相信人死去还有灵魂。

可这一刻，我多么愿意奶奶的话是真的。有一些谎言，在适当的时候，便是唯一的真实。我宁愿相信，属于聂小云的那条看不见的小江已经和青苍江汇流在了一起，去寻找远方回家的路。

那天，天，蓝得让人伤心；风，快速掠过我们村庄。"天有多蓝，风就飞得多快！"若干年后，我读到一个诗人的这两句诗时，情不自禁地回想到那一天。我明白，我从来就没忘记她。

我埋怨母亲不该在这个节骨眼上派我去外婆家，完全忽略了自己其实也想去取回一些酸枣糕……也许我不去外婆家，就能把聂小云的生命挽留在这个尘世之中。我想我不是在想当然。我相信，我们彼此已成为这个世界上最重要的那个人。晚上，我做了个梦，梦见聂小云并没有死，而是像尘土和黑夜一样安静，躺在后山松树下长满青苔的草地上，只等新的黎明到来。

就像当初聂小云多么不情愿从梦里醒来，失去耳边那些天籁的声音一样，我也不愿醒来，因为一旦醒来，就不得不痛苦地接受她已死去的现实。对于聂小云的离去，我深深自责，感觉自己应该承担部分责任。

那时我不知道，若干年后会有一种叫作回忆的东西，总是将我同我失去的一切又联系在一起。只知道，当人们发现并将聂小云从青苍江下游打捞上来之前，时间过了很久、很久……

2019 年 1 月 21—23 日于长沙

镶着金边的乌云

当我郑重其事向徐主任，不，向组织表态，也如实汇报了个人想法后，我的心情既轻松又失落。从团党委会议室出来，我抬头看了看天空，蓝得还是蛮可爱的。我想，不管怎么说，这次民主生活会结束后，一定陪老娘回流泉町一趟。老人家过去年年唠叨着要回去看看，可我作为一团之长，怎么走得开？我怎么可以离开自己的部队和战士们呢？当了八年团长，我还没离开过部队一天呢！我几次动员堂客——部下当面喊嫂子或阿姨，背地称"团长夫人"——陪母亲回去，可这个城里女人总有理由拒绝，强调自己工作忙，回乡下会耽误女儿学习等等。我知道，她其实是小资产阶级思想作怪，嫌乡下住不惯。

集团军政治部主任来团里指导党委民主生活会，一个固定议程是找班子成员个别谈话，了解单位全面建设情况，对其他常委的看法。但还有一个绕不过去的问题，一年一度的转业工作快要启动了，需要让谈话人谈谈个人的想法，对组织有何要求。

隔着团党委会议室宽大的会议桌，我们相对而坐。徐主任手里拿着干部花名册，不用说，他此刻正看着我那页。作为管干部的领导，我的履历他应该熟记在心，看花名册不过是习惯动作。我同样知道，花名册里有关我的内容非常清晰：马苗子，1955年2月出生；18岁当兵，高中文化，当过连文书；1977年6月提干；1979年上前线时，任师工兵营地爆连连长；1984年从前线撤下来时，提升营长；1988年6月任团参谋长；1992年12月任师副参谋长，1991年12月任工兵团团长至今。正团职快满十年，根据军官服役条例，不进则退。

我向徐主任提出，如果不能在作战部队提升，我希望交流到军分区任职，任副司令员或参谋长。如这一目标也达成不了，必须退出现役，我也完全服从，唯一的要求就是希望可以把我安置回老家。

那时候的风很干净。风吹过故乡的天空，有一种清贫之蓝。

清贫的蓝天下，有一个小村子，是我的胞衣地，叫流泉町。

流泉町的男人都姓马，祖上向天公是从明朝江西吉安府迁过来的。据说明朝开国之前，朱元璋与人争天下，那时杀戮太多，于是江西填湖南，湖南填四川。

那是夏天刚刚到来的时节。一个午觉醒来没见着大人，我自己爬起来去厨房水缸舀了一瓢甜甜的井水，喝下出门，无所事事地四处张望着。

首先看到的是满伯娘屋前的平地，木匠师傅忙着，他们在给我五爷爷合寿木。

老的那个木匠张师傅边吹口哨边干活，他的腮帮子一鼓一鼓的，像秋天偷吃了稻谷的麻雀子的胸脯。年轻的是徒弟，一个闷罐子，打下手。张师傅的口哨声伴着斧头、凿子沉稳的敲击声，和刨子、锯子发出的嗞嗞声，在南风里传递着，听起来十分悦耳，使这个下午显得悠长、有趣。

昨天师徒俩进门时，好多人都围着看热闹，五爷爷也夹在看热闹的人堆里，眯着眼睛笑。满伯放了一串长鞭炮，又杀了一只公鸡，鸡血滴洒在坪地一堆木料上。张木匠从那堆木料挑一根杉木，左手斜撑起，右手举起锋利的斧子，运足力气一斧下去，一片杉木片飞出好几米。围观的大人们连连喝彩："好兆头，好兆头。"有人还拍着五爷爷肩膀："老爷子还能活好些年头呢。"

我嗅着了木材散发的好闻的清香味，走过去从一大堆刨花中找了条长的，从中间抠了两个洞眼蒙在脸上，当是眼镜。我通过洞口往远处张望，稍远的田地里，几个包着头巾的妇女正在收棉花。我知道，我的母亲也在那几个女人之中。不过因为她们背对着我，我一下子没有认出谁是谁来。

但我看清了更远处的风景。青苍江河岸边的青草地上，坐着一个男孩和一个女孩，他们靠得很近，在一起看书。一根长长的竹鞭子插在地里，指向天空。江水里一大群麻水鸭在游泳、嬉戏。那是大队经济场的鸭子。

那个男孩是满伯娘的大儿子孝生哥，比我和他亲弟弟爱国佬大七岁；那个女孩是晚禾姐，她是满伯娘的干女儿，住青苍江对面的张家老屋。远亲近邻的，总藤藤葛葛纠缠牵扯着。

我很喜欢孝生哥。因为附近村子只要有人老了，孝生哥敢夜里摸黑带我们去听打渔鼓。只是他走路太快，脚上像绑着风火轮，我们总跟不上。从渔鼓的唱词中，我知道了一个叫哪吒的仙童。

当然，我没在木匠师傅那待多久。我听到了更加诱人的知了声，判断是从伸向村子前那口池塘的歪脖子毛桃树上发出的。那树挂满的毛桃子虽然还不能吃，却惹人喜欢。

孝生哥曾带着爱国佬和我多次爬到那棵树上，那种感觉太美妙了。

这次我同样不怎么费力就爬上去了。我站在几乎横着的树干上，从浓密的叶子间寻找知了，可这些狡猾的小东西都哑巴了。站久了，有些累，我便坐了下来，它们也再次发出了歌唱的声音。下午的阳光明晃晃地照着浅绿色的水面，我感觉自己瞌睡又来了。我甚至梦见自己就是满伯娘故事里那只捞月亮的猴子，终于抵挡不住水井里月亮的诱惑，"扑通"掉下去了……

后面发生的事是母亲告诉我的。

那天下午，满伯娘没出工，在家为木匠师徒煮面条当茶点。我掉下来的时候，她正好从厨房出来。她将木托盘里满满两碗热腾腾的汤面往地上一丢，抱起一根杉木就跳进了池塘。

木匠师徒也赶过来了。收棉花的母亲和其他女人们听到喊声也赶过来了。

我在呛了若干口池塘水后，有惊无险地被满伯娘救了上来。她自己也被木匠师徒拉上了岸。

我恢复知觉时，正卧在满伯娘膝盖上。她稍稍用力地拍打着我的脊背，将我喝进去的池水拍了出来。

我感到后背右肩膀剧烈地疼痛，原来那儿被一根没水桩扎出了一个口子，流血不止。满伯娘用手按住伤口，等母亲从家里拿来一块包扎布。后来，我被送到公社卫生院，血是止住了，可肩膀落下了个疤。

那一年我6岁。母亲告诉我，满伯娘根本不会游泳。如果没有那根杉木，后果不堪设想。

坐在回故乡的列车上，母亲一直处于兴奋之中。

自将母亲接到驻地和我们一起生活，我们再没回过故乡，也没见到故乡的人。流泉町的人总存在于母亲话语里，最多的是满伯娘一家。比如"那年你满伯娘如何如何""我那老嫂子现今会怎样怎样"或者"爱国佬这孩子可惜了，如果那年……""立秋伢子可怜，从小没吃到好东西，瘦得像根豆芽菜"。母亲几乎没提起过我死去的爹，除了每年清明、中元节，她照例到农贸市场买一把纸钱和香烛，等晚上我们都睡了悄悄烧掉，口里念叨着爷爷奶奶和父亲，告诉他们苗伢子现在可了不得，当团长了，县长一样大的官！

列车奔驰在湘桂线上，在车上过了一夜，早上醒来已进入湖南境内。我知道下铺的母亲昨夜一直没怎么睡踏实，可我没问她，怕她不好意思。我偷瞄她一眼，发现老人脸上表情更丰富了，也更有意味了，好像有点阴晴不定。由于是直快，列车不停靠白石铺镇这个小站，而是直接奔县城。母亲倚坐在车厢过道的凳子上，侧着身子像个孩子似的，手肘撑在小茶几上，手掌捧着脸，将头紧贴着玻璃窗，满头白发梳理得一丝不苟，又被几个发夹夹住，颇像一朵银丝菊。突然她喊道："苗子，快看，到枫树岭了，很快就看到流泉町了！"那时我正斜躺在硬卧看小说，军旅作家朱苏进的《炮群》。高中毕业后我再没进过学校，平时在部队上"两眼一睁，忙到熄灯"，好不容易有点闲暇，所以想看看小说，补点文化。如果之后真转到地方或退休，说不定也可以将一生经历的事写一写呢。听母亲一喊，我把书丢在铺上，起身来到过道上，右手抓着头顶的行李架，身子倾向窗户。受母亲感染，我也激动起来，也想早些看到生我养我的流泉町，尽管这次回乡有大把的时间好好亲近这片故土。

其实，我们并没有看到流泉町那些低矮的房子，看到的是村子后山的云母顶。

云母顶也是马氏家族坟山，葬着我们家的列祖列宗，葬着我爷爷、奶奶、父亲，也葬着五爷爷、满伯。孝生哥不在人世了，永远成了江西某个深山老林里的单数。因长满松树和水杉，云母顶呈现一派浓密的暗绿。今天的云母顶山峰上飘着一团一团白云。那白云白过了新洗的床单和冬天的第一场雪。

我清晰地记得父亲死那天的情形。学校刚放寒假，父母一大早就去了乌山冲水库工地上。那时提倡大修水利，冬季是农闲修水利的大好季节。听老人们说，乌山冲水库是1958年开始动工的。那时我才3岁，如今已是第八个年头，水库早就颇具规模了。

工地上，大伙儿在公社号召下，集体劳动着。我在一个周末去过乌山冲，那红旗招展、人山人海的场面真的是太壮观了。堤上架着高音喇叭，一个兴奋的女声念着各类广播稿，间或会有某个公社领导用同样高亢的声音，发表几句战天斗地鼓舞斗志的演讲，中间插播着《社会主义好》《大海航行靠舵手》等歌曲。母亲出门时吩咐我要提早完成学校布置的寒假作业,过年那几天就可以好好玩玩。父母都是大字不识的人,可母亲在对待我读书这件事上,有着异乎其他农村妇女的执着。她在锅里留了些剩饭给我作午饭,下饭菜在咸菜坛子里。那时父亲在爆破队,母亲被安排去工地煮饭。为节省时间,工地上每天只集体开一顿午饭。

那天下午,对我来说显得有点深沉,像流经村子前的青苍江。我根本意识不到这样一个下午会发生什么,意识不到它会在某个瞬间从平常转换成极不平常,成为我生命中难以愈合的伤口。做完当天计划的寒假作业,我来到了满伯娘家。我想找堂兄爱国佬,和他一起玩"官打捉贼"的游戏。爱国佬虽然比我还大半岁,可他在学校里对我永远信任,让我很感动。反而我自己并不是时时像爱国佬那样信任自己。屋里飘出一股熬草药的香味,满伯娘从厨房出来,满脸慈爱地看着我,鱼尾纹在她的眼角欢快地游动,手里拿着一个还有热气的焖红薯塞到我手里,说:"买斗到后山扯猪草去了,找他就到后山去吧。""买斗"是堂兄马爱国的绰号。母亲生我时难产,奶水严重缺乏。我和爱国佬一样,完全是靠着满伯娘的奶水长大的。那天,满伯没到水库上工,他坐在一条长板凳上吸着旱烟。他一见到我,就叫我到他跟前。我还没弄清楚他要干什么,他有力的大手就抓住我手腕,黝黑的脸在下午的阳光下是那么生动。他逗我:"苗子,告诉满伯,在学校有没有喜欢的妹子?"我被问得满脸通红,"没有。"他大笑着松开手。我跑开了。老远听到满伯娘的声音:"哪有你这样不正经的长辈!苗子这伢子打小就聪明听话,我看以后保准有出息……"

我一边吃着满伯娘给我的红薯，一边回家里，找个竹篮挎在肩上，也去了后山。那时干完活儿，对着天空发呆，都是一件奢侈的事。当我扯满一篮子猪草，正要和"买斗"席地而坐，分享我拿一大包酸枣糕从同学那里换回的小人书《鸡毛信》时，满伯娘寻后山来了，她边走边大声喊着我和"买斗"的名字。满伯娘的高喊声使这个下午陡生了变数。正当"买斗"和我密谋是不是该藏起来，满伯娘看见我们了。"你们两个鬼崽崽还不赶快回村子！苗子的爹出事了！"在我记忆里满伯娘可从来没骂过我们"鬼崽崽"，看她上气不接下气的样子，我意识到事态严重了。我将《鸡毛信》往"买斗"手里一塞，脚绊倒了自己的猪草篮子，也顾不上管了。我觉得自己脑子变空白了，是腿替我做主让我飞奔着下山，跑回了村子里。

村子西头，围着一群人，我好像是听到了母亲的哭泣声。我跑过去，最先看到坐在地上的母亲，她披头散发、哭天抢地。接着我看到地上铺着的草席，草席上躺着一个血肉模糊的人，是我父亲。他身上的血似乎还没有完全凝固，某些部位还在汩汩地往外冒血。

多年后，我都极力回避去看村西头那一块地，脑海里却总会浮起一张草席和草席上血肉模糊的父亲。直到我当兵上前线，见多了死亡和流血，那情状回忆起来才不再恐怖。但它还是定格成了记忆深处一个不可磨灭的画面。这是后话。

看到那一幕时，我的灵魂完全出窍了，人们在讲什么、忙什么，一概与我无关。我只看到夕阳好像很累了，垂下了自己雄壮的头颅，晚霞如血泼在西天。那太阳终于落下去了，好像一辈子再也不会出现。刺骨的北风一阵紧似一阵地吹来，而人类的仇家——一只乌鸦渐渐融入四合的暮色之中。它在天空盘旋着,专拣这个时候哇哇怪叫,让人心里发毛,整个山村看起来充满疑虑和恐怖。

但我意识到满伯娘从后山赶回来了,意识到她走近了,将呆若木鸡的我紧紧搂在怀里,手指深深地插进了我的头发。在她温暖的怀里,我慢慢回过神来,明白发生了什么。我像是不忍心看满伯娘伤心似的,挣脱了她的怀抱,随即哇的一声,抑制不住地号啕大哭了起来。我,终于哭出来了!

那一天,地没有陷下去,天却塌下来了。

那一夜整个村子很宁谧,一场惨白的飘雪落下,覆盖了整个世界。那一夜大地无言,除了犬吠此起彼伏,仿佛传递着尘世的凄苦。那些狗子中有一条是满伯娘家的老黄狗,比我和“买斗”年龄还大,在它身上仿佛有一种永恒之感。那一夜,打我们村子前流过的青苍江大概在无可名状的黑暗中奔走得太久太累,终于不愿再继续行走,结冻了。那么多乡下人,他们平凡的一生就像在流水中行过,最终什么痕迹也没留下。我家的老土坯屋四壁和镶嵌在上面的旧木门和木格子窗勤奋地抵挡着外面的寒风,而屋内狭小的空间已装不下母亲通宵达旦伤心欲绝的啜泣,和一直陪在母亲身边的满伯娘的无奈叹息。

“你父亲排哑炮被炸死后,你满伯娘和我一样伤心难过。除了因为生来的善良,她还觉得是你父亲顶替你满伯送了命。你满伯是爆破队队长,曾在公社采石场干过,排除哑炮这些危险的事,基本是他去干的。那天他病了,拉肚子拉得厉害,上不了工。可哑炮是必须要排的,你父亲就上去了。听人说,那并不是哑炮,只是导火索太潮了，慢得出奇，等他刚走近，就……"后来，母亲几次提到那起事故，都这样对我说。

看到云母顶的白云，我心念一动，想起了村里老人们常挂嘴边的话："闭上眼睛时能看见云母顶的白云就安心了！"这是故乡的一个传说：一个人一生行善，灵魂很干净，死后会被云母顶的白云接走；如果一生行恶，身子就脏，死后会被乌云镇压着，下辈子转为畜类。

谁不想让自己的灵魂死后进入天堂？

"满伯娘是不是别人说的……"我忽然又想起小时存在心里的关于满伯娘的疑虑，尽管我觉得这对满伯娘很不礼貌，也不公平，但还是鼓足了勇气，小心翼翼地问母亲。

"唉……都是命！你满伯娘年轻时可是附近几个村子里数一数二的美女。"母亲说这话时，神色既庄重，又严肃，充满哀伤，却并没正面回答我的问题。过一会儿，她盯着我的眼睛，神情轻松地说：

"不管怎么样，我这个苦命的老嫂子都是流泉町最善良的人！百年之后她会被白云接走的。"

我说："满伯娘曾亲口对我说，如果哪天她死了，我能够送她上山，她就心满意足了。"

因为文化水平高，新兵下连后我就担任了文书。入伍第五年，我提干了。当我穿着四个兜的军装回家探亲，满伯娘说，将来自己死了，苗子能送她上山，就能瞑目了。

"是啊，在她眼里，你可是流泉町最有出息也最有福气的人了，你若能送她上山……她是有些担忧呢。人啦，要懂得感恩。苗伢子，不管怎么样，真到那一天，你要满足满伯娘这个心愿！"我都已经这么大了，女儿都快要考大学了，而且是一团之长，但在母亲嘴里，我一直是"苗伢子"。

又回到前面那个不便说透的话题了。我点点头，算是答应了。我想我是明白了满伯娘的意愿，也明白了母亲的心思。但当属于我的那一天到来时，我的"福气"能驱赶乌云，带来白云吗？我实在没有丝毫把握。

列车像穿透靶心的箭，别无选择地继续向前，将流泉町丢在了身后。我看见母亲的眼睛湿润了。人老了，越发容易动感情吗？我对自己这些年总忙于部队的事没陪她老人家回老家，心底生出了一丝歉意。这次无论如何，要陪她老人家多待些日子。

"你满伯被火车撞死下葬那天，云母顶的乌云像锅底一样压头，下好大的雨……"

满伯是我当兵离开流泉町前一年出事的。之前他在乌山冲水库工地被滚落的石头砸残了左腿，一个全劳力从此只能挣半劳力工分。生产队让他负责放牛。那天，他本该牵着那头水牯去后山放养，却鬼使神差到了铁路塘边的慢坡地。当时正好有一队拉练的人马从铁路边的便道经过，那支队伍是在白石铺镇郊驻扎的部队战备仓库的人。走在队伍最前面的人高高举起的那面红旗，让雄性十足的牛牯红了眼，发疯似的迎着红旗狂奔过去。事情就这么凑巧，一列火车正远远地开过来。满伯发现情况不妙，一边扯着裤头，一边大喊着一瘸一颠地跑过去，使尽全身力气将水牛赶下铁道，可他自己却被没刹住的车轮卷了进去。

满伯被火车撞死那天，我被母亲派往外婆家去了。回村子后，母亲将这件事原原本本地告诉了我，只是省略了江寡妇一节。但是，母亲不说，不代表没有人添油加醋地说给我听。

"你满伯惨遭横祸，一家人最该挺住的，没挺住……"

母亲口里最该挺住的人，是爱国佬。可这个"买斗"真不争气，见到父亲被轧死的惨状，他当即倒地口吐白沫、一个劲儿地抽搐了起来。他3岁时得的、后被满伯娘想尽千方百计治好的癫痫复发了。在母亲的招呼下，"买斗"被几个堂兄弟用板车送进了镇人民医院，昏迷了三天三夜之后才醒过来。人醒过来了，从此疯疯癫癫的，时好时坏。

"你满伯娘能熬过来确实太不容易。简直活成了一个奇迹。"我惊诧于母亲从嘴里竟说出了如此"文化人"的话来。

"生活如此严峻，谁还会简单地相信奇迹？"

我像回应母亲，又像自言自语。

"苗子，还记得你当兵离开流泉町的情形吗？"列车过了流泉町好一阵子，母亲又一次陷入对往事的回忆之中。

"当然记得。"

那是秋天，最好的季节，该收晚稻了，田野一片金黄。在望文生义主义者眼里，稻田里谷禾长出火把，秋天就到了。

那天一早，我就穿上崭新的军装，戴着被批准入伍后武装部发的军帽。虽然没有领章帽徽，但人还是很精神的，何况胸前还戴着一朵红绸子扎的大红花。出发前，我向满伯娘辞行。她穿着一身青布衣裳正在自己屋脊上捡瓦，远远看去，像一只黑猩猩。这个季节，每家都要捡瓦的，否则过了年，到明年春天发春雨了，屋里就会漏得不成样子。这本该是男人做的事。可自从满伯被火车轧死，"买斗"疯疯癫癫的，这些事就只能由她一人承担了。

我鼻子有些发酸，更埋怨自己这一阵子高兴得昏了头，想不到去花个半天时间帮满伯娘捡瓦。我在屋檐下喊了声满伯娘，然后说："让我来吧。"

满伯娘回一声："是苗子啊！没事呢，这就好了。"

我扶着木梯子，满伯娘下来了。

"我今天要到部队上去了。公社的新兵中午12点前要赶到白石铺车站集合。"

满伯娘上上下下打量着我，笑得那样真诚开心："我们家苗子要到部队了，我们家苗子一定会有大出息的。"这些年，满伯娘老得有些快，脸上皱纹明显多了，也憔悴沧桑了不少。

我跟着满伯娘回到了她的堂屋。她让我坐一下，自己进了厨房，从水缸里舀一瓢水倒在脸盆里，洗干净手，擦干，接着又进了里屋。一会儿她从里屋出来，往我口袋里塞进一张皱巴巴的钞票，那钱好像从来没被用过似的。我当时极力推脱拒绝，可满伯娘不容分说，简直是用命令的口气，要我拿着。等拉新兵的闷罐车开动后，我从兜里拿出来一看，惊呆了！那可是一张"麻子大伍"啊！在乡里，大人们都是怀着无比崇敬的心情对待难得一见的十元和五元这样的大面额钞票的，称十元票子是"麻子大拾"、五元票子是"麻子大伍"。那是我长那么大第一次见到，并拥有的最大的票子。

母亲后来却告诉我："那钱是满伯被火车撞死时，铁路上赔的。那些年多么困难啊，满伯娘都没舍得花，却给了你。"

"我是在乡亲们敲锣打鼓和簇拥下，离开村子的。"我说。

那一天，天蓝水绿、山色青翠、微风阵阵，天地之间有大美而无言。我清楚记得，当时车走出了好远，我还在恋恋不舍地回头。在快要看不到流泉町时，我突然看到了我一直在寻找、想要看到的一个身影。那是爱国佬。他正戳在后山云母顶一块大石头上，朝着我的方向，像一棵苦楝树。我看不清他的脸，但我知道他的心情是无比复杂的。我的心情同样是复杂的。我想向他挥一挥手，最终忍住了。

对于我当兵，"买斗"不能去，母亲也有过不安。满伯娘说："苗伢子书读得好，人机灵，到了部队上肯定有个好前途。不能耽误他。'买斗'没事的，这次当不了兵，下次有机会让他舅帮忙招到工厂当工人。"

那几天我的心情本来膨胀得像一个打足了气快要爆炸的皮球，经满伯娘这么一说，就像气门被一下子拔掉，压抑在心里的东西喷涌而出，如释重负。母亲和我都相信了爱国佬会在不久的将来真如满伯娘所说，被招去当工人。

我又记起自己提了干后第一次探亲回流泉町，去看满伯娘。她拉着我的手不放，开心得就像提干的是自己亲儿子："我就说，那天村头的大樟树，一大早就有两只喜鹊叫个不停。当时我想啊，我们家苗子离开村子，一定会出息呢！"

"嘿嘿。"我不置可否。我自己真记不起那天有喜鹊这回事，当时太兴奋了，也许在整理行装没在意吧。回到家，母亲也证实了这个说法，说我能当上干部她不奇怪，她有预感，因为当兵走那天，一大早就有喜鹊报信。

在县城吃过晚饭，我们直奔了晚禾姐家。

晚禾姐是我满伯娘的干女儿。满伯娘还是她不出五服的堂姑姑。晚禾姐家在白石铺文化街上，一栋五层新楼房里，正对她工作的镇小学。

晚禾姐的丈夫当年贷款承包了县磷肥厂车队，是流泉町大队乃至整个白石铺镇第一个"万元户"。晚禾姐有一儿一女，儿子不爱读书，跟着爹在外做生意，女儿在省城念大学，快毕业了，在学校复习考研。空旷的家常常只晚禾姐一个人。

吃过晚饭，我们在二楼客厅沙发坐着，大功率空调开着，很暖和。恐怕白石铺街上，私人家安装空调的还不多。

大平面直角彩电在没完没了地播放一个韩剧，声音不大。我们也不看电视，一直聊天，聊的都是满伯娘一家。

晚禾姐说："干妈的身体状况很令人担忧，恐怕坚持不到明年春天。对于生死她是看淡了。大前年患白内障时，她确实感到焦虑和担忧，表现出对于耳聋者的寂静和目盲者的黑暗的恐惧，她怕感官失灵，无法干活做家务，无法照顾疯疯癫癫的爱国佬和孝生哥给她留下的孙子立秋。这次，我劝了好久才劝动她进镇人民医院住院，可没住三天，她就死活要回家。她说不能死在医院，要死在自己家。否则，灵柩只能摆露天地，和坏人一样。没办法，我只好让救护车把她送回了流泉町。"

"那个江寡妇太不要脸了！她勾引谁不好，偏勾引你满伯，否则也出不了那事。她死了，云母顶都不让她下葬。"母亲的思维跳跃得有点快。

"不单江寡妇，当时有好多女人都喜欢我干爹吧。也许，生活本来就这样子……也或许干妈她……但，那不是干妈的错。干妈多好一个人啊！干爹应该拒绝送上门的诱惑，也不至于落下话柄……"晚禾姐断断续续的话，再次印证了两个事实。

"唉，生活就是一团乱麻，扯出一个线头，就会扯出很多烦恼……"晚禾姐感叹道。

"晚禾姐，如果当年你嫁给孝生哥了，孝生哥就不会外出打工，就不会意外暴毙，死因不明。"

"哪有的事！……"晚禾姐赶紧澄清，却又陷入了回忆。

"再说，现实生活中也没那么多如果。"沉默了一会儿，晚禾姐说，"要说如果的话，当年如果不是你去当兵，而是爱国佬呢？"

我承认这个事实，如果不是满伯娘，我连参加验兵的资格都没有。不过，晚禾姐这么说，我心里多少有些不悦，能有今天，我也是出生入死过的！再说……

"当年体检时，不是说爱国佬耳朵里长了个东西吗？"

"那是托词，为了让爱国佬死心。爱国佬耳朵里长那东西根本不碍事。但一个大队只能去一个，爱国佬去了，你就去不了。干娘回到张家老屋，对我大久叔说，你书念得好，高中毕业，父亲是修水库牺牲的，不能对不起他后人，最后才定下让你去了。如果当年爱国佬去了，虽不敢保证有你今天的出息，至少不会是今天这个疯疯癫癫的样子吧？"晚禾姐一口气说了好长一段话。

晚禾姐说的"大久叔"是满伯娘的亲弟弟，当年的大队支书。

村里有当兵、招工、推荐上大学的，都必须先过了他这一关。

母亲接过话头："一点没错呢，苗伢子！你到部队后，张支书堂客碰到我也和我讲过，就是你满伯娘人前人后从来没透露半句口风。"

那是我第一次知道事情的全部真相。我为自己从前的自以为是感到羞愧。

记得接母亲去 G 市时，她将土坯老屋让给满伯娘了，还有所有家具，包括我买的那台当时还很新的十八寸"韶峰牌"彩电。

我想自己年龄也大了，这次回流泉町，我准备和满伯娘商量一下，将老土坯房要回来，扒掉，用这些年的积蓄在原宅基地建一栋青砖瓦房，将满伯娘接进去，也能替死去的孝生哥、疯癫的爱国佬略尽孝道，自己还能每年陪母亲回流泉町住几个月。这里山清水秀，空气清新，如果水泥路也修好了，那就更方便了。

"干妈这辈子太苦了！"

我回想聊天时晚禾姐说话的无奈表情，她说："分田到户后，一家的重负更是全压在了干妈一个人肩上，可她从不叫苦，还刻意在人面前摆出一副轻松的样子，好像所有苦累从来都不存在。'人活着不是件轻松的事，人这一辈子不过就是活着。'她常常把这话挂嘴边。我从没看到她抱怨什么，总那么安静地承受着，别人几乎感觉不到她的担忧。除非她放松警惕时，才能看见她咬紧的牙关和抿紧的嘴唇。"她又说，"当一些好心人提出领养立秋伢子时，她气得脸色发紫，说'我家里人又没死绝！等我张桂芳死了你们再打主意吧！'"

张桂芳是满伯娘几乎被人忘记的名字。

"以后再也没人敢在她面前提这件事。人只要有盼头，再苦的日子都能熬过去，那个时候干妈唯一的盼头就是将孙子立秋培养成人，继承一家香火，等归天入土那天，她才好向干爹交差。"

晚上我迷迷糊糊胡思乱想总算睡下了。但没过多久，就被晚禾姐急促的敲门声弄醒了。她哭着说："干妈走了。"起初我以为自己在梦中。"走了？走哪去啦？""我干妈，她、她归天了！"

刚才流泉町有人打了她家电话，通报了噩耗！

我和母亲连忙摸黑往流泉町赶。

但我最终没能送满伯娘灵柩上云母顶。

出殡的前一天下午，我收到团政委发来的短信，上面只有一个字："归！"

因保密要求，团里约定，人员外出，催归队的电报、短信分三种："紧急归队""速归"和"归"，字越少，情况越紧急。具体事情不在电报和短信里说明。如果只一个"归"字，那就一刻都不能耽误。

我拨通了团政委电话，通报了家里情况，问能不能再多待一天。可他说："电话里不方便说，只告诉你，这是上面的指示。"

我们是军直属团。政委没明说的"上面"，至少是集团军了。既然知道我请探亲假还是指示归队，肯定有重要事情，我不能不知轻重，再给军首长打电话了。

我边收拾行李，边和母亲说要归队。看我急匆匆的样子，母亲急了："就不能多待一天，送你满伯娘上山再走？""不能。"母亲一下火了。多年没见她发过火了。

"你真是个忘恩负义的东西！苗伢子，你如果不送满伯娘上山，我就不认你这个儿子！""妈，您就是不认我这个儿子，我也得走啊。军令如山，忠孝自古不能两全。"母亲大字不识，却从打鱼鼓艺人那里听到过不少故事和做人的道理。我这么一说，母亲低下了头。

好在让自己和母亲略感安慰的是，之前连续两晚我都和"买斗"、立秋伢子为满伯娘通宵守灵。

母亲决定自己留下来送老嫂子上山。她说这次在老家要多住些日子，住晚禾家，等过完年再接她回G市。晚禾姐表示了真诚的欢迎。她家条件我也放得下心。

武装部来接我的吉普车很快到了，行李被司机放在车后厢。

真要走了，却恋恋不舍。我站着，在故乡怀抱里。我多想就这么永远站下去，站成流泉町的一部分，将自己镶嵌在2002年11月22日。但我最终还是上车了。

当吉普车带着我和我满腹的遗憾愧疚离开这个生我养我的湘南小村时，暮色渐浓，夕阳给万物抹上了金光。远远近近的山隆起脊背，将柔和的波浪线荡漾了在这片晚照中。落日信手点染的，还有逶迤穿越流泉町的清亮的青苍江，几只恰好飞到这里，将脚蹼立于水中光滑鹅卵石上的白色水鸟，以及秋收后休养生息的水稻田。云母顶山上，原镶着金边的乌云，早已化作满天红彤彤的晚霞，像要托举一个人万般旖旎的灵魂进入天堂。我能够预见，今晚，静谧的苍穹，必定有干净的星光倾泻人间……

2018年9月13—21日于长沙

青苍江从这里流过

如果你说得出你爱得有多深，那你爱得还不够。

——彼特拉克

1

"姨外公，姨外公，回家吃饭了！"清脆的童声唤醒了冥思中的马南山。二舅子6岁的外孙女跑在她外公前头，过了青苍江，远远地就开始喊。

马南山十分不舍地回到了现实中来。刚才，自己和小秧姐已到草原，正在一幅极具苍茫美感的画卷之中，在草原蕴藏的万千风云中恣肆畅游。他腾空的内心写下了一个词：辽阔！他们笑着、奔跑着……但见薄暮降临，似一袭轻纱笼罩向大地，远处有一顶洁白的蒙古包，上面冒着一缕炊烟，最是爱煞人的一抹清愁……

而眼下，他却是孤身一人站在故乡村子里。

2

村子叫八状门，对面五百米是张家老屋。两村中间流淌着的一条清亮亮的小汇，叫青苍江。两岸鸡犬之声相闻，如果不是岸边栽了些柳树，两个村子每天发生点什么，比如嫁女讨亲、生恙老人，彼此之间都会一目了然。到现在，有点年纪的人还习惯过去的叫法，把八状门叫作枫树湾公社流泉町大队某队某队。

以青苍江为域界，流泉町大队由两大家族组成，南岸张姓，北岸马姓。他们的先祖都是明朝开国之初由江西吉安府迁徙而来的，在此扎根后繁衍生息。马张两姓通婚多，因此现在两村子的人不是远亲，便是近邻。虽说藤藤葛葛纠缠牵扯着，但同饮着青苍江水，相处得倒也和睦，民风淳朴，历史上极少发生宗族纷争和械斗。

算起来，张小秧的母亲，既是马南山的岳母，又是他的干妈，还是他刚出五服的姑妈。

说来有点话长。

马南山家祖辈八代农民，当然，流泉町大队乡亲们绝大多数是这样，除了那些告别故乡不再回来的人。爷爷和父亲斗大的字认不满一箩筐，爷爷给他取名马南山，纯粹图省事，就像他父亲落草人间，爷爷给他取名马苍江。马苍江，多诗意的名字，但如果你知道名字的来由，所有诗意就会瞬间消解。自然，马南山的南山不是成语"刀枪入库，马放南山"那个南山，有种历经战乱，渴望和平，化剑为犁的意味；也不是归隐林泉，不想再当官，做一闲云野鹤的陶令公诗句中"采菊东篱下，悠然见南山"的南山。而是因为八状门后山就叫南山。儿子取名南山，母亲连声说好。男子叫山好！憨实、稳重、高大！母亲也没念过学堂，土改时，外公省吃俭用，名下有几亩薄田，被划为富农。背着这个成分，28 岁的母亲还嫁不了好人家，只好由人撮合，嫁了三棍子砸不出响屁的马苍江。母亲还有个让全大队男女老少不以为意后来都刮目相看的举措，充分证明这个堂客太有见识，那就是卖了茅房板也要送儿子念书。1977 年初，国家恢复了高考，乡亲们也明白了读书能改变命运，让孩子离开祖祖辈辈窝着的山沟，纷纷后悔之前让孩子辍学。那时候的马南山正坐在窗明几净的县中学念高中，意气风发准备一年后龙门一跃！他寻思过给自己改个更响亮也更有进取心的名字，比如马超群。可最终还是因母亲强烈反对而作罢。

整个流泉町大队，和马南山从小学一直同学到高中的，还有大队支书的女儿张小秧。那时推荐上学、当兵、招工，都要过大队支书这一关。哪个家里腊月杀年猪，主家要请乡亲喝猪血汤，能请到大队支书，就是莫大的面子！张小秧上头两个哥哥一个姐姐，她是满妹子，父母的掌上明珠。

很多人都不太相信，马南山和张小秧是同年同月同日生的，但这是千真万确的事。张小秧生于子时，比生在午时的马南山早 12 个小时来到人世。乡下有句俗话："男子要午不午，女子要子不子。"说的是男子生午时，女子生子时，都是好时辰好八字，一生运程都好。武侠义小说中结拜兄弟、焚香祷告时都说，不求同年同月同日生，但愿同年同月同日死。马南山和张小秧从小学到高中都是同学，又是同一天出生，已是大大的缘分了！倒不是张小秧比南山大了半天，逼马南山叫她姐，而是张小秧从小学到初中，因为有当支书的父亲和两个哥哥宠着，她的性格有些野，别人都得让着她。这也让她爱出头，处处护着文弱的"干弟弟"马南山，马南山便心悦诚服地喊她姐了。而且，一喊就是一辈子。

按说，那个唯成分论的岁月，马南山外公被划为富农，大队支书是不太愿意认下这个干亲的。其中有个缘由，张小秧母亲在家做姑娘时，一次在后山砍柴火，被毒蛇咬了一口，是马南山的爷爷发现，给她进行了紧急处理，又背着她赶到隔壁大队一个民间老中医家，才救了她一命。对于这件事，张小秧母亲一直心怀感激。马南山家到他这代是三代单传，他本来有个哥哥的，月子里夭折了。母亲怀他时，紧张得不得了，于是就找瞎子算命，想让瞎子出个主意。因此马南山一出生，就被人从门槛下面挖的洞偷偷递了出去，被打着伞悄悄抱到支书家，寄放了一天。从此，马南山有了干爹干妈。

当年高考分数出来，马南山和张小秧双双过重本线，这在流泉町大队破了天荒，在枫树湾公社也被传为佳话。马南山想考军校，可因他是家中独子，父母反对，无奈他铁了心，且十分顺利地通过了体检面试，被长沙工程兵学院录取，而张小秧被师大录取。他们学校都在省会。

从此两人寒假暑假都结伴同行，一个放假早几天，就在学校等对方；一个开学晚几天，就提前和对方一起启程。那时交通不便，汽车火车要转车。火车都是过路车，买不到座，每次马南山都给中队写借条，带上配发的小马扎，让小秧姐坐着，自己守在旁边。

3

考入大学三个月后，她和他迎来 18 岁生日，所谓成人礼了。张小秧准备约马南山，还有几个同年考入省城大中专院校的中学同学，周末到岳麓山下师范大学聚会，为此她提前两周发出了邀请信。军校新学员入学后前三个月是“定型训练”，不准外出，那是马南山第一次与小秧姐分开这么久。那天下午结束 400 米障碍体能训练，回到中队，他都累得快趴下了。当中队值班员将信交给他时，瞄一眼发件人地址，他的心就狂跳起来。顾不得换下脏兮兮的作训服，他拿着信件，跑到中队食堂后面的猪圈边，一连看了三遍，内心完全被这从天而降的幸福充填得满满的，以至于晚饭没吃进去两口。马南山一遍遍回忆信里的内容，已经能背下来了。接下来，苦恼便在他大脑的平原里开始疯长。该送小秧姐一份什么样别致而有纪念意义的礼物呢？那时他还腼腆，根本不可能向班里同学讨教主意。

晚自习，马南山在学校图书馆阅览室，足足一个小时都在发呆。后来他听到邻座一个同学在小声念诵着：“风流啊风流，什么是风流？”马南山往他手里打开的期刊瞟了一眼，原来他是在念一首叫《风流歌》的长诗。马南山脑袋灵光一闪，对啊，张小秧不是学中文吗？找些有意义的诗歌摘抄给她，岂不是很好？他忙转移到中文图书阅览室，在诗歌散文架上搜索，发现一本不太厚的书，从架上取下，一看，是一本叫《葡萄牙人的十四行诗》的诗集，作者是勃朗宁夫人。马南山本想把书放回书架，可他又看了一眼封面，感觉设计得很温馨，忍不住翻开读序言，一读便被伊丽莎白·芭蕾特和他的先生罗伯特·勃朗宁之间的爱情故事深深吸引住了。这不正是自己所希望找到的爱情吗？下自习时，马南山将这本诗集放置在了书架下层最不起眼的地方，几乎就是藏起来了。

第二天，马南山利用午休时间，请假去军人服务社买了一个粉红色封皮烫印着玫瑰花的笔记本。连续两晚，他都去图书馆自习，将勃朗宁夫人写的那44首十四行诗，工工整整地抄在了笔记本上。

几个月不见，当那个昔日白净、瘦弱、害羞，在中小学里总被自己护着的乡里伢子，重新出现在张小秧面前时，她简直不敢相信是同一个人。部队的大熔炉竟如此神奇！确实，经过三个多月军校严格训练，马南山已经脱胎换骨了。虽然见到女同学多少还是有些腼腆，但挺拔的身姿、炯炯的目光，使他平添了几分逼人的英气。而在马南山看来，上大学后的张小秧也变了，特别是她那双眼睛含蓄了，好像藏着一整条秋天的青苍江，水汪汪的、亮幽幽的。马南山当着同学们的面，大大方方将自己精心抄录的笔记本诗集送给了张小秧。

一个男同学迅速从张小秧手里抢过笔记本，打开扉页，怪声怪气地读着题签："小秧姐，希望你今后写的每一首诗，我都是第一个读者。我们的每一个生日，我都能为你读诗。我来读，你静静听。弟弟南山。"

轮到张小秧被羞得面红耳赤了！其实，张小秧也为马南山准备了礼物，一个电动剃须刀。那一刻，她不敢当众人面交给他了。直到聚会结束时，她趁人不注意，塞到马南山手里。

生日之后，马南山和张小秧的关系有了某些变化，不再像过去那种纯粹的"姐弟"关系了。他们开始频繁地通信，互相通报自己的学习生活情况，探讨人生的理想和追求。军校有严格要求，在校期间学员不准谈恋爱，且根据条令，只有15%的学员可以节假日外出，一个学员两个月才轮得到请假外出一次，而且无特殊原因，必须下午4点30分归队。两校相距较远，军校太偏，不通公交，班车要等上午8点后才发车。所以，每当可以请假外出时，他都6点起床，洗漱后早饭不吃直接出校门，步行1个小时到有公交的地方直接乘车去师大，约张小秧一起登半天岳麓山，聊聊天，然后又匆匆忙忙往回赶。军校四年，马南山虽然从没逛过长沙的街道，可心里一直充满幸福。这两个月之中，张小秧也会在某个星期天赶到军校，和马南山在校园走走聊聊。这期间他们遵守着"戒律"，谁也不说出那三个字。张小秧不是当初那个大大咧咧的乡村野丫头了，变得很文静、很能沉住气，甚至认为不捅破那一层窗户纸，这么暗恋着挺好！美好的情怀，无风无浪、晴雨无涉，却心有千千结。

最终感动了张小秧，让她下定决心将一生托付给这个男人，与他风雨同舟的，是这样一件事。大三那年，他们本来约好放暑假一同游桂林，然后回家乡。可张小秧被学校选中参加大学生演讲比赛。在湖南赛区获一等奖后，她又被省教育厅选拔进省代表队，暑假去北京，先集中培训，再参加全国大学生电视演讲比赛。让她想不到的是，马南山找了一辆窄薄型轮胎的自行车，只带了少量换洗衣服和修车工具，沿着107国道，一路风餐露宿、风雨无阻，千里走单骑走了整整十三天，中间还爆了三次胎，在决赛当天晨曦乍现时分赶到了北师大招待所，手捧一束玫瑰出现在了她面前。

那一刻，张小秧的眼泪夺眶而出。

4

生活永远有自己严厉的法则！

就在马南山认为与小秧姐会毫无悬念地将爱情推向纵深，憧憬未来，完全占领制高点时，西南边陲起了战端。养兵千日，用兵一时。从小喜欢读《水浒传》、读岳飞，现又是军校学员的马南山，心里埋下的英雄主义种子开始发芽疯长了。他写下申请书，递交给学院党委，强烈要求参战。其实，他写不写申请书都要上前线。学院已接到上级命令，整个中队将转入临战训练，在春节前奔赴前线代职实习。前线太需要工兵了，需要有人排雷、需要有人为胜利开辟通路！

而战争是会流血的、会死人的，空中飞着的子弹和地下埋着的地雷，都不长眼睛。血色浪漫只存在于小说中，而残酷的现实才是爱情必须正视和经受的考验。马南山不得不重新审慎考虑与小秧姐的关系，他庆幸自己一直没说出那三个字。因为他觉得，小秧姐应该拥有一个温暖、稳定、安全、幸福的家。

不管怎样，得和小秧姐做个真诚的告别。他要明确拉起一道庄严的警戒线，以预防战斗中的不测后续带给她无穷的痛苦。简单点说吧，马南山要告诉张小秧，他和她之间只能是友情、亲情、姐弟情，是以后的怀念，而不是别的。

当马南山请好假赶到师大，刚一见到小秧姐，就知道她其实早已知道了他的来意，但不知道她是否知道他的决心有多么大或多么小。也就在那一刻起，马南山终于知道，自己的人生根本就不可能没有小秧姐。未见面时，他还自作聪明认为，这样做是一种充满豪情的慷慨赠予，殊不知自己早已负债累累，根本无法还清！

那时，张小秧全班同学分成两拨，在湘潭纺织厂子校和电缆厂子校毕业实习，都住在湘潭。因事先通了信，她向辅导员老师请假赶回了师大。就这样，马南山在四年来从没踏足过的女生宿舍里，与他的小秧姐见面了。

"外面很冷吧？"

"有点。"

"女生宿舍有点乱吧？不像你们军校宿舍整洁。"张小秧想把气氛弄得轻松点。

"有点。"

"别傻站着了，坐。"张小秧用暖瓶给一个保温杯倒开水，保温杯是奖品。倒好后，她递给马南山。"这是我的杯子，喝点水，暖暖。"

马南山接过杯子喝了一大口，也不管水烫不烫。怪了，今天嗓子眼就是发干。

"我要上前线了，我是军人，这是责无旁贷的……"

"我知道啊。国家有难，你们军人不上谁上！"

"嗯，任何战争都是残酷的，不是个人的意志可控的……所以，所以……"他很努力地想表达清楚点。

"所以什么？永远不要说所以！"张小秧用高八度的声音阻止了马南山往下说。短暂的沉默。过了一小会儿，她又轻柔地说："要说，我就想告诉你，我一辈子都是你的人……"

他们都没再往下说了。而说出的话和未完成的词句都飘散在空气里，如酵母在室内迅速发酵，两人都感到了醉意和眩晕。

一阵窸窣之声后，马南山抬头，小秧姐不知何时脱去了毛衣。慌得他立即站起来，拿起她的毛衣毫无章法地套在她身上，同时紧紧抱住了她，紧紧地，好像一松手小秧姐就会消失一样。他们的嘴唇像磁铁一样吸在一起了！

这是两人的初吻，神圣得值得一生铭记！

他不能待更久，他要按时归队。告别时，张小秧说："你一定要平平安安归来。知道吗？你要向我保证！"

"好，我向你保证！"马南山拿出了入伍宣誓时的庄严态度。

马南山打开宿舍门，张小秧突然说出了一个马南山这些天都在回避的问题："还有你的父亲母亲，他们更需要你平安归来！"马南山没回头，不敢看小秧姐的泪眼，他从她说话的语气中知道，小秧姐眼里忍着的泪已冲出了眼眶。

多年后，马南山一次长途出差，躺在硬卧颇觉无聊时，从行李袋翻出顺手塞进去的一本小说——那是他从一个值班民警手里收缴的，在书里面看到这样一个段落：

话说一半，衣脱一层，脱光了，就俗了。

不过，事物发展的规律最终是要脱光的，那是在意

乱情迷之时,最终大雅大俗,完成普天之下概莫能外的
一件壮举。

这个小说描写一对离异后的中年男女,因情感饥渴陷入网
恋。他们第一次约会,见到彼此稍微投缘的异性,便像抓住了一
个黑暗中的门把手,却不关心这道门将通向哪里。

马南山相信作者的描述是真实的。如今男女见面便直奔主题、
只争朝夕,仿佛这就是世界末日,倒成了常态。马南山不能不回
想起参战前那次与张小秧的告别。

两人相拥相吻时,他们的身体和心,都是滚烫的,像上驾驶
课时"开锅"的解放牌汽车。在他心里,那一刻的小秧姐就是圣
母,那是一种坦然的牺牲。他不敢丝毫亵渎她那份情感。但,理
智的他采取了紧急制动。他的心灵战胜了自己。现在想来,除了
从小受的教育外,更重要的是,他有一个男人必须具备应有的道
德和责任担当!爱,必须蹚过自私的雷区,才有资格抵达幸福的
彼岸。

当然,这是后话。

5

"若干年后,当我们老得走不动了,坐在老屋门前槐树下,
五月的清风轻轻吹送,空气中弥漫梦一般浓郁的花香,我会回忆
起你陪我一起看草原的情景。'天有多蓝,风就飞得多快。'吹
着天上白云,也吹着地上马群,我们辽阔的内心,装着满满的

幸福……"

这是张小秧一篇散文的开头。文章发表在一家文学期刊上，后又收入她唯一公开出版的文集《心灵的行走》里。而当马南山捧读这本还散发油墨香的书时，小秧姐已躺在了湘雅附一的病床上，胃癌晚期。马南山心里悔恨啊，他的肠子都悔青了。他恨自己浑蛋，没有过早察觉妻子的病，没有实现妻子那个小得不能再小的愿望——陪她一起看草原。如今张小秧躺在病榻上，疼痛难当时，就让马南山打开手机播放器，闭上眼睛一遍遍听降央卓玛的歌《陪你一起看草原》。张小秧是个对生活要求不高的人，她只要马南山陪她看一次大海，看一次草原。

马南山知道，小秧姐的病是因为全身心照顾父母、女儿，另一方面是因为为学生付出太多太多，完全忽略自己，而被累出来的。

大学毕业时，张小秧婉谢了母校老师的美意和同学们的劝慰，放弃了留校或在省城其他单位工作的机会，提出要回家乡工作。她的理由是老家是山区贫困县，迫切需要她这样受过正规师范教育的教师，她要为家乡教育事业贡献自己的力量。更主要的原因是，马南山那时还在老山前线没回来，为了让他不分心，稳定他父母的情绪，自己回到老家是唯一的办法。

8个月的战场实习结束了，马南山回到了军校。作为那场战争的亲历者与见证者，一些真实的回忆是痛苦的，他不想过多触及。他们用顽强的使命和过硬的专业知识，让前方将士喊出了"工兵万岁"的口号。中队大多数同学戴着大红花，在长沙车站被学院领导洋溢的笑脸和喧天的锣鼓簇拥着，回到了学院。但敌人的阻击枪子弹和埋在丛林里的各种地雷带走了五位战友，他们永远长眠在了麻栗坡烈士陵园，还有四人失去了一条腿，躺在了陆军总医院。几位烈士和伤残者都荣立了二等功，作为见习排长，马南山尽己所能带领自己的分队完成了所有任务，荣立了三等功。

在凶险莫测的战斗中，甚至赤条条地待在猫耳洞时，马南山脖子上一直挂着一张过了塑的照片，那是他的小秧姐的照片，也是他的贴身护身符。后来，马南山仔细回忆自己的半生，打记事起，小秧姐就是他的"守护神"。直到她去世后，马南山才痛切地意识到，他前半生的人生多半是由妻子无私奉献的爱而定义的。而妻子离开人世后，他便觉得自己成了一个失去内核的空壳，一个没有内涵的、孤单的人。

毕业分配时，他没向组织提任何要求，被分配到了驻广西贵港某应急机动师。想起那些牺牲和伤残的战友，他觉得自己足够幸运了。报到前，马南山回了趟老家，安抚了一直担惊受怕的父母，见到了自己朝思暮想的小秧姐。因为还不到结婚年龄，按照乡里习俗，他先和张小秧订婚了。之后，他在部队干到连长、营长、工化科长，在军区比武中取得了第一名，荣立二等功。原本他可以借此提升集团军直属工兵团团长，或担任工化处长，但他的名额被人挤掉了。即便如此，他还是毫无怨言地接受了到北海军分区某武装部担任部长的安排。在武装部干了五年部长之后，军队精减人员，他被组织安排转业，脱下了让他恋恋不舍的军装。

这乏善可陈、一笔带过的履历，其实经历了漫长的21年。

这 21 年里，他和小秧姐结了婚，婚后一年宝贝女儿出生。多么幸福的一家，只等马南山提营级干部，家人就可以申请随军生活，一家人尽享天伦了。可马南山刚提升副营，父亲却遭遇了意外车祸，人被抢救了过来，可双腿残疾了，张小秧只好放弃随军，和婆婆一起照顾公公。五年后公公离世，刚送上山，婆婆又得了脑血栓，偏瘫在床，而且人固执得不讲道理，死也要死在自己家里，坚决不离开八状门。没办法，张小秧只好将女儿寄放在外婆家。后来女儿上初中了，就让她在学校寄宿，倒是培养了孩子的独立生活能力。张小秧买了辆自行车，每天穿行在学校和婆家之间，这样的日子又过了四年。当婆婆带着无限内疚和无限感激离开人世后，马南山已到北海任职，一家人终于可以在这个海滨城市团聚了。可女儿进入高中阶段，张小秧认为当时湖南教育质量强过广西，加之转学后女儿会有个较长的适应过程，权衡利弊，她还是决定不随军了。后来，女儿不负众望，考入了北外。那年暑假，张小秧带着女儿到北海休假，这也是她婚后第一次出远门。一家人无比开心地团聚了一个月，她也完成了看大海这个人生愿望。但也是在这一年，部队宣布裁军三十万，按年龄执行，马南山被安排退出现役，回湖南老家安置。在组织安排下，他进了交警队，开始没安排职务，从巡逻警干起，但他很快得到了上级和同志们的认可，两年后担任了 SH 高速路段支队政委。

6

那天，张小秧又在病床上听《陪你一起看草原》，马南山实在忍不住了，把头埋在他的小秧姐怀里，落泪了。张小秧摩挲着马南山这两年白得很快、也掉得很快的头发，安慰着他。

其实，马南山安排过一次看草原的旅程，机票都买好了，却在临行前一天取消了。

马南山有个军校同班同学叫银兴邦，当时他任内蒙古 F 市军分区司令员。在军校时，银兴邦和马南山一个小班，银兴邦是班长，马南山是副班长，二人关系很不错。毕业后天各一方，直到那次同学入学 30 年聚会时，他们才再一次会面。每次马南山想起银兴邦时，脑海里总浮现他在队列前或班务会时说话的样子，他的每一句话都配合着夸张有力的手势，好像藏在嘴巴里的话语必须通过手势才能释放出来。那时候马南山有些不以为意，可又很佩服他的鼓动性和为人的豪爽义气。

30 年聚会之后，老同学间的联络也密切了。女儿考上大学，自己也适应了地方工作，担任了支队政委，马南山认为该好好补偿妻子了，他打算实现小秧姐的另一个心愿，陪她一起看草原。于是他请好公休假，买好机票，给班长打了电话。

"老马啊，你这匹骏马早该到辽阔的大草原驰骋了！带着嫂子来，什么都不用操心！"马南山可以想象银兴邦接电话时的样子，满脸真诚，挥舞着手！

第二天，银兴邦像做作战计划一样，给马南山发来一张表格，上面是接待二人的日程安排，哪一天去参观响沙湾沙漠，哪一天去武川，哪一天去海拉尔，每晚下榻的宾馆或招待所，哪一顿吃老绥元烧卖，哪一餐吃草原狼三味火锅，哪一天吃正宗的手把羊肉，详细得不得了，这让马南山感动得不行。到底是一起经历过生死考验的战友同学啊！

那晚，住在长沙女儿的公寓房里，想到心爱的老公就要陪她一起看草原了，张小秧兴奋得像个孩子，又哼起了那支歌。他们一直聊天到凌晨两点多才入睡。那时女儿还没结婚，她请好了假，准备第二天开车送父母到机场。就在入睡不久，马南山手机响了，多年的职业经验让他意识到，一定出事了！

果然，值班民警报告，就在十分钟前，SH 高速路段发生特大交通事故，一辆改装的油罐车拉着满满一车工业酒精，撞上了一辆从福建开过来的长途客车，两车焚毁，无人生还。马南山看了时间，凌晨 3 点 15 分，人最困乏的时间。他一边和妻子说，不去内蒙古了，一边穿好衣服敲开了女儿的房门，要来车钥匙出了门。早上 6 点，马南山赶到了事故现场。34 条生命啊，其状惨不忍睹！

这起事故惊动了全国。马南山在善后工作中一直发挥着极其重要的作用。等事故调查和一切善后工作完全做好，已是三个月后，马南山也挨了个行政严重警告处分，这是他主动要求承担的，毫无怨言，坦然接受。

遗憾的是，这时草原已进入霜冻期，草都枯了。这个完全不幸的偶然，也造成了马南山一生的遗憾和悔恨！

等第二年草原最美的季节到来，一家人打算再次出行时，张小秧却查出了病，住进了医院。

张小秧抚摸着马南山，轻柔地说："没关系，没关系，别难过。"为了转移他的伤感，她突然说："哎，南山，和你商量个事。"

马南山坐直了，抹去眼泪，问："什么事？"

"你是不是和你们的秘书长说一下，看有没有人愿意购买我的散文集？我将拿出 120 本样书来，所有售书款都捐给你云南那个叫李兴荣的同学。快过年了，多少给他一个安慰，我们负责寄快递，你看怎么样？"

李兴荣是马南山军校同中队的同学，当年和他一同参战实习，后来他被分配到云南某部，在一次边境排雷行动中受伤了。他排除了上万颗地雷，却在那次为抢救新战士而受了伤。伤好后，李兴荣自己要求转业到地方。前些年，李兴荣突然得了一种怪病，双目视力急剧下降，几近失明，本来没有固定工作的妻子干脆不工作了，专心在家照顾他。李兴荣结婚晚，35 岁时才生了一个女儿，同学 30 年聚会时他女儿刚考上大学。他家里困难，同学聚会没来参加。那次聚会还为他组织了捐款，众人一共捐了五万多元。

原来小秧姐商量的是这个事，或许也是她的心愿吧。马南山点了点头。

马南山很佩服自己的妻子，这些年承担着如此繁重的家务和教学任务，她居然还能坚持业余写作。她的文章发表在国内很多期刊上，广受读者好评，省会几家报纸还给她开过专栏。那些从她心灵深处流淌的文字温润而澄澈，娓娓的抒情和叙事中有种和谐的对立，让读者坚信即使人生遍布艰辛，岁月饱含苦难，这世界还是到处闪耀着人性的光辉，需要我们温柔相待。

马南山曾在同学微信群里转发过好几次她的文章，得到了同学们的高度赞扬。马南山和秘书长电话沟通后，对方很支持，还在群里发了启事，不到 24 小时，120 本书全部认购完毕，售书款五千余元，由秘书长悉数转给了李兴荣。随后，马南山根据同学们提供的地址，搭出六百多元快递费，将书一一寄出。

做完这件事，夫妻俩很开心。

7

刚才，就在二舅子和小外孙女喊他吃晚饭的前一分钟，马南山的手机收到信息，女儿为他订的机票落实了。

马南山抚摸着随身携带的小秧姐的照片，是喊声让他回到了现实。他不由得心里一沉，一种残酷的真实感攫住了他！去看草原有很多种方式，有无数条路径，但，所有路径都指向了一个令人心痛的事实：他只能带着小秧姐的照片，而不是陪着一个活生生的人……

屋外，已是凌厉的风雨。屋内，马南山和二舅子在客厅坐着喝茶扯闲篇，他不时地用左手梳一两下被风吹乱的头发。小外孙女一个人待在卧室看动画片，欢快的电视配音和她不时发出的清脆笑声传到了客厅。多好啊，马南山想，自己女儿女婿的上进心太强了，是该生个孩子了。

二舅子被选为了村民委员会主任，他脸上挂着两个硕大眼袋，一脸的老相。他边喝茶边抽着"银白沙"，很奇怪马南山怎么就没学会抽烟。当然，这疑问他从来没当马南山面提过。他知道自己妹夫有个性，话不对他路，他会毫不客气捧你个黑脸子。堂屋的门虚掩着。二舅母在连着客厅的厨房里忙碌着，那是一个精明能干的中年妇女，脸盘较大，颧骨突起，黑又密的头发有力地向后束起，在后脑勺盘起一个圆圆的发髻，全身上下收拾得相当利索。不一会儿，她又炒好一个菜，用碟子盛着端过来放餐桌上，顺便搭两句腔，又迅速钻进了厨房，动作麻利得有些夸张。桌上用餐的碗筷和酒盅也摆好了，有一瓶"开口笑"酒。

瓶装白酒是二舅子特意为马南山准备的。马南山是个很有意志力的人，转业到交警队报到第一天，就宣布戒酒，而且戒得非常彻底，就连节假日都一滴不沾，这一点张小秧十分赞许。可提前退休后，特别是妻子离开后，他又开始饮上了，不过饮得有节制。

最后一道菜上桌了，藠头炒乡里土腊肉，喷香的。看来今天舅子和他媳妇为了这顿饭还是用了心的。这也是一顿告别饭，明天一大早马南山就要离开老家了，已约好一个轮休的部下兼徒弟开车接他，先回Ｓ市收拾些行李，下午坐高铁赶到长沙。马南山心里暖暖的，到底是亲戚，想到这里他又有点后悔自己以前太坚持原则、太呆板，其实很多事情可以通融，或者睁只眼闭只眼也能过得去，可自己却从来没为乡亲们开过后门放过水。

说是晚饭，其实在乡下太早了点，天还没全黑呢。只因刮风下雨打雷，马南山怕小秧姐一个人待在老屋害怕，要回去陪她。一结婚他就知道，表面大大咧咧看上去什么都不怕的小秧姐，其实特别害怕打雷。他不知道长期两地分居，遇到这样的天气时她是怎么过的。一边想着，一边内心的泥土也一块块地松软起来。

砰的一声，门被撞开，一个人像是被风雨抽打着进来了。他头戴斗笠，上身披着件雨披，下身的裤子扎在雨靴里。摘下斗笠和雨披，众人才看清楚，原来是张爱国。他是马南山和张小秋的小学同学，家里穷，读完小学就辍学了。张爱国是个老单身，35岁那年讨过一个邻村女人，是个"桃花癫"，说是被野狗精附了魂，每年3月桃花一开就发癫，过了端午节，又莫名其妙好了。他们在一起生活两年多，没扯结婚证，也没生下一男半女。结婚第三年的一天，张爱国挖了一担春笋，挑镇上集市卖，回家后"桃花癫"就不见了。两天后，有人在青苍江下游二十多里远的龙湾村发现了她被水浸泡得浮肿的尸体。前几年张爱国跟着本村一个包工头在外地打小工，挑红砖时没站稳，从竹片搭的脚手架跌下来伤了腰，老板赔了可怜的一点钱就打发了他。后来他一直单着，守着几亩水田过日子。这些年政策好了，不交农业税，还不时有些政府补贴，他的日子还过得去。明天要离开乡里了，马南山提出邀他一起来喝酒。张爱国脱了斗笠和雨披，接着又脱雨靴，打赤脚。刚才，他去稻田放水时，顺便扯下裤头撒了泡尿，而风有些大，刮着雨水混合着尿，洒了不少进雨靴。"雨好大，怕是会发大水。"做完这一切，张爱国走到了桌子边，不客气地坐下来。

马南山像突然想起什么，说了声"不好"，便站起身打开门往外走。

马南山冲到了江边，在石桥那儿看见江对岸有五六个背着书包的孩子在大声呼喊、急得跺脚。而一个女孩子正站在江心的石板桥上，瑟瑟发抖地大哭着。灌入了山洪的江水像一头发疯失控的水牛，红着眼睛扑向她，淹没了石桥。马南山根本没有时间思考这个女孩子是怎么掉的队，怎么没来得及跑到江岸上的，他赶忙冲了过去。就像当年作战担任破障队队长时，战斗一打响，他就第一个扛起绑好 TNT 直列装药的自制松木长凳冲了上去！

洪水张开巨嘴，吞噬了孩子们的哭喊。

二舅子和张爱国也赶来了。张爱国戴着斗笠，披着雨披；二舅子则打一把黑色雨伞，手里拿着马南山的手机。雨伞是上次到市里办事，遇雨临走时马南山送他的。二人站在青苍江这岸，而那些孩子站在对岸，他们都惊呆了！一切发生得太快，他们根本不知道该做些什么。

刚才马南山冲出家门时，桌上的手机忘拿了。他刚一出门，手机就响了。是女儿的电话，女儿想问他明天坐什么车、什么时间到长沙，自己好去接他，至于为父亲再准备点什么，后天怎么送他去黄花机场，见面后再定。

连续几天的雨总算停了，可老天还是阴沉着脸，太阳继续隐匿着，好像羞愧得不好见人。偶尔有风吹过，像一个深沉的男低音，在乡野间泣诉着。在南山，朝着青苍江这面永不知后退的山坡上，有了一座高高隆起的新坟，因为放置了很多花圈，从青苍江畔路过的人不经意抬头便能看见它。孤悬如梦，恍如彼岸。而那些开始褪色的花圈，像诗人西岸诗里描述过的那样，在故乡的山冈上、在风里，在渐渐老去的爱情里……

2018 年 9 月 26 日于长沙

前半生的爱情

有一阵子，我真想狠狠骂她一顿，真是鬼迷心窍！可是我终于没有骂出来，当然，更不会动手打人。我是男人，不会动手打老婆的。

问题是，方晓芳也不是我老婆啊。

我还来不及骂她，她就与我分手了。

"早就说过，我是一朵故乡山野的蒲公英，无牵无挂，无欲无求；风动而行，风静而安。"她说这番话时出奇的冷静，盯着我眼皮都没眨一下。"就算我亏欠你吧。但我有自己的追求，谁也拦不住。"

相反，好像我做了亏心事似的，在她直视之下从最初的愤怒到羞愧地低头。

按方晓芳的说法，我只是她人生一个阶段的远方，她在我这里没有找到诗。她要到更远的地方去，她发誓要找到属于自己的诗。

她早晚会后悔的，我把话撂这里。我在心里嘀咕。

　　为了能让她安稳下来，我已经很努力地在做一个有温度、有情怀的男人了。可你知道的，做一个有温度有情怀的男人有多么容易失败。

　　我母亲生前再三教育我："你是把么子（什么）琴就扯出么子音。讨堂客要讨实心守在你堂屋过日子的。心野的，你消受不起！"

　　母亲虽没进过学堂，说话却在理。她还说："你啊，就是心气高，早知如此，当年就不该听你爹的，卖了茅房板也要送你复读一届。"

　　她每次都说得我满脸羞愧。可羞愧之后，我仍然是我，仍然要等整个梨子吃完了才得出这个梨子是酸的结论。

　　比如方晓芳，两年前她离开那个"老色鬼"老板，从一家私立幼儿园辞职后，我们在一次老乡聚会认识了。和我同居第一天，她就和我约法三章，只是暂时同居，不结婚、不生孩子，想分手随时分手。直到我们真分手了，我还是死心塌地地承认，自己爱她胜过以前的刘小芳、王玉芳。我尤其喜欢她在念"窈窕淑女，君子好逑"时那一双湿润忧郁的眼睛，好像藏着我们老家那一整条秋后的青苍江。唯一让我不胜烦恼的是她不厌其烦地和我探讨未来、生活和爱情。每天在建筑工地累得像条狗一样的我其实什么事都不愿想、不愿干，只对做爱具有满怀激情的兴趣。

　　"总有一天，我要成为中国大陆的席慕蓉，你要有所思想准备。"

　　方晓芳从来没意识到自己不切实际的空想有什么不好。她创作的所谓的诗已写满了四个硬壳子笔记本，可还没有拿到过哪怕一张十元钱的稿费单，我们俩的日常开销全靠我一个人在工地没命干。我的悲哀在于，我还不能当面指出她是个幼稚的空想者这一明摆着的事实。否则她会和我翻脸，不许我碰她。

在家里，方晓芳除了每天只煮一顿难吃得要死的饭，什么事都不会做。写诗之外，她还参加汉语语言文学自学考试，每天在我们那个简陋的出租屋里读书。她天不亮就捧本书，读"天凉好个秋！""窈窕淑女，君子好逑。"我总听成同一个字：球！如果心情不错，我会热烈地回应她："是的，立秋之后还有二十四个秋老虎，只有天凉了才是好球！古人说得多好，只有好球才配得上熟女。"她将书往床上一丢，翻着白眼说："你是个混球！"我还得嬉皮笑脸凑过去："那你说说，天凉好个球与君子好球，哪个球更好？"

曾几何时，我也是个有抱负的青年，理想之风鼓起过年轻的风帆，憧憬过别处的生活，只是时运不济，残酷的现实将我一次次打回原形。

1982年7月，经过九年半寒窗苦读，我第一次走进了高考考场。出了几身臭汗之后，再经过二十几天忐忑不安的等待与煎熬，成绩出来了。老天这么不开眼，我离中专录取线只差一分。母亲没埋怨我，毕竟1977年恢复高考以来，整个大队还没考出一个大学生。她只说了四个字："复读一年。"

复读在县三中。所谓县三中不过是改名后的原区中学，在白石铺镇郊一个黄土高坡上，离我家七八里路的样子。我们大队的刘小芳因为差了二十来分，成了我的同班同学。在老人和孩子们眼里，我和刘小芳是最有希望通过读书实现鲤鱼跃龙门的人。我和她小学同班、初中同年级，高中我在县一中，她在原区中学。两年时间没见，她出落了，在清贫的岁月里长成了一个丰满的女人。我在复读班成绩最好，很受老师器重，当了班长，刘小芳是学习委员。我们在学校寄宿，住圆拱水泥屋顶、猪栏般的宿舍。我们相互鼓励，暗下决心一起考出去，实现人生理想。学校规定，每周六下午下课后放假，周日下午返回学校上晚自习。同学们会利用这个时间，回家带足下一周的米和咸菜，我和刘小芳自然同行。七八里路相伴，久而久之，便伴出了梁祝十八相送的意味来。某些事情的不期而至，是不以我们意志转移的，比如在我嘴里，刘小芳不经意就变成小芳了。而且在某个周六的傍晚，当我们看着村子那些低矮的茅屋上炊烟倒了，后山草树下，我们确定心意。爱情的美妙滋味，只要尝过，哪还有心思念书！我只盼着每个周六下午的到来。我和刘小芳毫无悬念地又落榜了。我离中专录取线差了三十几分，刘小芳更惨。因为这个，我们一度成了别人的笑柄。

我像一个输得精光的赌徒垂头丧气回到家里，大哭一场，又蒙头睡了三天三晚。

"日子还得过下去。"三天后，母亲发话了。

父亲什么也没说，交给我一把他在昨夜月光下磨得锋利的镰刀。是该收割早稻的时候了。

刘小芳从我视线中消失了。两年后再见面时，我已认不出她了：高跟鞋、连衣裙，头发卷成了鸡窝，脸上化了浓妆。听人说，这两年她发了。才两年多时间，她挣的钱就足够让她父母在我们老家村子上建起一栋三层的钢筋预制结构楼房。那新楼房就坐落在 322 国道旁边，在所有土坯平房中鹤立鸡群。

我跟着父亲种了两年田，还是实在无法忍受面朝黄土背朝天的日子。我曾报名参军，可体检没过，说耳朵里长了个什么东西。我又对父母说，要去广东打工，否则不如喝农药死了算了。没办法，沉默寡言从来不求人的父亲，找到了我一个在公社陶瓷厂做副厂长的表叔。我被安排进了陶瓷厂做坛子，每天做坯、装窑、出炉，像课文《卖炭翁》描写的"满面尘灰烟火色"。我还是安下心了。虽然还是与泥巴打交道，却是每月拿工资的人了。

这样的日子过了三年，我 27 岁了。一天，复读班同学"青头鸟"跑到陶瓷厂找我，邀我搭伙去新田做收购猪皮的生意。"青头鸟"一个嫁到浙江的姑姑办起了一个皮革厂，生产皮夹克和猪皮鞋，需要大量猪皮。我动心了，不但拿出了这三年积攒的两千元，还到信用社贷了五千元款。由于不愁销路，我们的生意做得很好，很赚钱。只半年我就还清了信用社贷款，过年回老家时，我和"青头鸟"的皮夹克——厂里特价卖给我们的——口袋里各自装着厚厚的一沓票子。一不小心，我们就成了传说中的"万元户"！

我俨然像一个大款一样，在白石铺镇上晃荡来溜达去。我并不是漫无目的的。我的目的相当明确，联系上我小学同班同学、文娱委员王玉芳。

王玉芳家本是镇上居民，不知什么原因下放到了我们大队。到我读高中时，王玉芳一家又回镇上了。她爸爸原是理发师傅，回去后在他们靠着汽车站边的家开了个"王和尚理发店"。后来王玉芳把店改名为"小芳美容美发"，门前安装一个三色的旋转灯箱。口袋里有米，胆气就壮，每次从新田回老家，我都去王玉芳的店里消费。慢慢地，王玉芳答应了我的邀请，和我到县城看电影、购物、下馆子，一起回忆那过去的事情。跳《葵花朵朵向阳开》舞蹈时，她的兰花指翘得特别好看。当然她跳得最好的还是《草原英雄小姐妹》。那次，县戏剧团到我们学校招演员，我们都认为肯定把她招去的，能吃上梦里都想吃的国家粮了，结果人家招去的是同年级另一个男生。若干年后我们终于得知，那个长相勉强过得去，并无文艺特长，总扮演匪兵乙的男同学，有个在地区文化局当局长的表舅。

我的诚意终于打动了王玉芳，不，是我的钱打动了王玉芳。是我拿出大把钱弥补了一个城镇居民和一个村民之间的巨大鸿沟。

我一边努力挣钱，一边放肆享受着幸福。

一次，王玉芳说，她想报名参加县里一个拉丁舞培训班。我不乐意了，那时很多家庭矛盾都是跳舞跳出来的。想想也是，男男女女在煽情的音乐里搂着抱着，能不出问题吗？

这无疑是个危险信号，但我没理由阻止她。再说，我也阻止不了她。

"这是我的爱好，你无权干涉！"王玉芳说。

自王玉芳跳上拉丁舞，就慢慢对我不冷不热了。

一次，我们为一件小事争吵，她居然讽刺我的长相，如此刻薄地说："一个人每一颗牙齿、每一根头发，长在那都该合情合理。可你看看自己，眼睛不是眼睛，鼻子不是鼻子，怎么看怎么都觉得长你脸上没道理。"

俗语说相打无好拳，相骂无好言。我是男子汉，并不与她计较。

我们虽争吵，但她向我伸手要钱却毫不手软。

"这个月生意不太好，挣得不多。"

"是吗？"她一面用着奇怪的语气，一面眯眼盯着我，好像要将目光聚焦成一把锋利的锥子，戳穿我的谎言，弄得我心慌慌的。

我们就这么争吵着过了一年，直到中秋节那次吵架后彻底分手。

"你老实交代，在新田有没有相好的女人！"那次，我想和她亲热，她用手挡着我。

我用讪笑掩饰着内心的惊慌，我知道我禁不住租住的房东——那个胖寡妇诱惑而失身的事穿帮了。肯定是"青头鸟"出卖了我！真是王连举、甫志高！我平生最痛恨叛徒。这种人迟早会遭报应的。

"青头鸟"并没有遭报应，而是在三个月后春风得意地步入了婚姻的殿堂。新娘你怎么也想不到，是王玉芳。后来我才知道，为了接近她，"青头鸟"也参加了拉丁舞学习班。而我两年里挣的钱，大部分花在了她身上，这正应了那句俗话"竹篮打水一场空"。

记得念初中时，数学老师讲过，诺贝尔之所以不设数学奖，是因为一个数学家在他全身心投入发明创造中时勾引了他妻子。我想，诺贝尔先生真有涵养，为什么不拿自己发明出来的炸药炸死他们？当然，我也不敢到乡里——哦，那时公社改成乡了——采石场偷来雷管炸药炸死他们。你"青头鸟"神气个什么！没结婚就挣了顶绿帽子！这顶绿帽子就当是当叛徒告密的奖赏吧！

我和"青头鸟"收购猪皮的生意自然散伙了。那年，我29岁。那年，我父母相继闭上眼睛离开人世，眼不见心不烦，再也用不着操心我这"花生子"了。

我在家闲了快一年，坐吃山空。收购猪皮生意赚的钱除花在王玉芳身上外，仅剩不多的那些也被我花了个精光，我还欠了一屁股债。我只好跟邻村一个包工头外出，辗转在不同的城市不同的建筑工地打小工，把一天当二十四小时混下去。直到遇到方晓芳，我才固定在G市做事。

方晓芳的离开无非是再一次验证了我注定失败的人生。

我认命，并无太多怨言。只是心里难受得想哭，但我强忍住没让眼泪掉下来。一个男人是不可以哭的，哪怕受了再大委屈。我总不能在几只流浪狗和流浪猫面前丢人吧，自我到这个工地看守材料，它们每晚总会在天刚黑就围过来，貌似忠诚地跟随我，与我不离不弃。我总觉得它们更像是来监视我的，它们满腹狐疑居心叵测地盯着我，仿佛我是个随时可能监守自盗的人。

这时，我看见一个穿连衣裙的年轻母亲牵着一个小女孩从这里路过，小女孩手里拽着个红气球。这时候怎么会有女人从这路过？而且长相和身材看起来还挺漂亮、匀称的。有些可疑，但我没往细处和深里想。我喝了不少酒，脑子不够用。

我突然想起了我表姐，她结婚时送给我一个红气球。那年我

13岁，表姐19岁。表姐夫是解放军叔叔，刚刚在部队上提干当了排长，回老家探亲，是那种"穿白衬衣戴手表，领着阿姨满街跑"的角色。他27岁，表姐比我只大6岁，他却比表姐大了8岁！

一个破气球就轻易夺走我隐秘的初恋！还好，我没有当着表姐和表姐夫的面不屑一顾地将气球丢在地上再踩上一脚，而是转过背去往气球里死命吹气、死命吹气，直到它膨胀得足够大，大到砰的一声，将我的希望全部破灭。哦，我表姐也叫小芳，张琼芳。舅舅曾在海南岛五指山当过几年义务兵，这是他唯一能够在他几个兄弟姊妹中炫耀的事。

表姐结婚那天天气无比燥热，我硬是没去送亲，也就是说我自动放弃了一笔唾手可得的巨款。依我们当地风俗，新娘这方送亲孩子都会有一个红包，一般是一角、两角钱，而妹妹回来告诉我，这次表姐夫出手可大方了，红包居然是五角钱的！可以买三四本小人书！我待在村子里，一腔无名火正不知该向谁发，看见小学同班同学"买斗"路过。上周四，他向班主任李珍宝老师告密，可耻地出卖了我，害得我要写不少于五百字的检讨。李老师的要求太高了，还不如罚我打扫一周教室卫生。那天下午我逃课，到镇上陈明同学家，躲在他家阁楼上，和他一起不厌其烦地听他一个从台湾回大陆的亲戚带给他的单卡录音机里邓丽君的"靡靡之音"，虽然我并不知道这个词是什么意思。"买斗"肩上挎着个破竹篮，屁股后面跟着他家那条老黄狗，可能要到后山什么地方扯猪草。我算是找到了发泄对象，冲他破口大骂起来，即使有一条狗跟着，也不能给"买斗"壮胆。因为就算加上它，他们也不是我对手。他无比委屈又胆怯地看着我，小心翼翼地嗫嚅着："我怎么你了……"

月亮出来了，升得好高了，今夜的月亮已经很圆了。夜空中的月亮在缓慢移动，缓慢得我察觉不出它在移动。我知道它其实在居高临下、冷眼旁观地看着这里发生的一切。它一定在嘲笑我，笑我比当年的"买斗"还懦弱，既不能拿一把明晃晃的刀子逼方晓芳回心转意，也缺乏勇气——这是我从离开老家那个叫流泉町的村子进城打工后徒劳地在自己身上寻找却一直没有找到的东西——将自己手腕划破，让一种流血的快感和痛感抵抗心灵的麻木。一次，方晓芳莫名其妙地对我说，写诗要有痛感。那是一次酣畅淋漓的做爱之后。我对已经心不在焉的她说，如果这次怀上了，等你生孩子时，一定会有痛感。我一直希望我们能有个孩子，好像这样就将她心和身子拴牢了。这个懦夫能做的只是用劣质谷酒灌醉自己。醉了，就随便倒在建筑工地材料堆，或别的什么地方呼呼大睡。

而今天我没醉，尽管我已喝下了七八两谷酒，可能今天有下酒菜的缘故吧。我如此清晰地记得今天是2000年8月13日，农历七月十四，星期天。她是五天前离开我的，那天是8月8日，肯定是预谋好的日子。她也希望自己从此大发特发。

头天晚饭后，我还以为可以早点上床呢。她让我坐下，从包里拿出一张明天去北京的车票给我看了一下，又递给我一个信封，里面是两千块钱。她说只能给我这么多了。她告诉我，她已通过了考试，并被录取到鲁迅文学院自费学习，为了交付两年的学费和生活费，她把父母留给她那套小镇上的房子卖了。什么？她做这些事情，我全然不知，一直被蒙在鼓里。她连父母留给她的房子都敢卖了？如此决绝和义无反顾，我还能说什么？她还说这两年多来，花了我不少血汗钱，但她也将自己的身子给了我，不是吗？所以我趁她不注意，将信封塞回了她包里，然后打开门，说："今晚我住工地了。"

第二天清早，我躲在出租房稍远处一棵大树后面，看到她拎着那个粉红色的行李箱出了门。一个长发瘦高男子在路口等她，那男子穿一件印着骷髅的大红T恤，正好映衬出了他寡白的脸。这肯定是那个取笔名"恨天低"的狂妄不羁的现代派诗人。她曾在我面前提到过他，从她口气和神态能看出来，她很崇拜他。我没有冲上去给他一拳，或者对他做别的什么事，也没有走近向她告别，我怕我们目光对接会使彼此难堪。

而今天是我35周岁生日，马上就进入本命年了。白天我到地下商场为自己买了半打红短裤，还破天荒地买了半斤卤猪脸皮。我希望我能从此远离霉运红火起来。而明天，中元节，也叫鬼节。我还得买一大沓纸钱，遥遥地祭奠葬在老家后山云母顶的我的苦命父母，希望他们冥冥之中保佑我。当然，也像送瘟神般送别我彻底死去的爱情！还有一个已死去的名叫张爱国的男人。

张爱国是我大名。不，是我前半生的一个符号。

2018年9月6—8日于长沙

寻找"原始股"

1

我碰到牛新潮的时候，正从衡州华天宾馆的电梯出来，准备穿过大厅出门办事，来接我的车已停在门外。他正夹杂在一群被酒精刺激得满面红光、肆无忌惮、高声说笑的人之中。那是前年中秋节之前的某个周六，二十四个秋老虎已过，但气温还在显露余威，居高不下，宾馆大厅放着冷气。

"嗨！文鹏程。文大处长！"突然，一个粗脖子、光头、西装革履、身材壮实的男子哈着酒气，挡在了我的面前。"你也是来参加胖子小平女儿婚礼的吗？他面子真大，把你这位省里领导都请来了！"

"我不知道。我，我是来衡州出差的。"被问得突兀的我略有尴尬，但脸上挤出点微笑。周围都是人，发出很多噪声。穿戴整齐的人们在大厅进进出出，有人提着行李箱准备到前台退房，也有几个坐在大厅一侧沙发上，目光空洞地看着周围的人群，好像因某种原因约好见面的那个人还没来。与大厅相连的宴会厅灯火通明，传出喜庆的音乐和笑声。

这个西装没系扣子，衬衣的第一粒扣子也解开，领带随意挂在脖子上的光头好面熟。他是谁？我努力回忆着。

他显然看出了我的心思，毫不介意，大大咧咧地说："记不起我了吧？真是贵人多忘事！我是初十五班的牛新潮啊，'原始股'牛新潮！哈哈……"

记起来了，没错，文化街的牛新潮。只是……我们初中同过班吗？

现在碰上他了，在华天酒店大堂里他拦住了我。衡州市这些年发展很快，变得很大了，但还不够大。它的大是某种小家子式的大。

"你，牛新潮？哎呀，真是的，我们都二十多年没见面了吧！"我也学着他夸张的语气，用热情洋溢来掩盖自己的尴尬。我可不想让人觉得我眼高于顶。

"就是啊！记起我了吧，我是'原始股'，不过我们没见面才十一年时间呢。上次我到省里办事，你文大处长不是百忙之中抽出空陪着我去找人的嘛！"光头牛新潮幸福地回忆着，同时亲切地向我靠近，把他肥厚的手掌伸了过来。

记忆再次出现偏差，我真记不得还有这么回事——他来省城办事，我还陪他找过人。我没有时间多与他寒暄，车在等我。当然，在问过我还要在衡州待两天后，他说："今晚，我们老同学聚聚，我做东。还有胖子小平，还有，还有'胡子婆'胡红云几个。你手机号码换没有？我存了你一个号。"

"一直没换。"他手机里居然有我的号码，莫不是他真到省城
找过我？

这年头不换手机号码的，都是好同志。

2

牛新潮果然存着我的电话，下午四点半，他打来电话问我
事情办得怎么样了。我对牛新潮说："还在办，估计晚餐不回华
天了。"

"哦，也行。你先办事。胖子小平没时间，要陪亲家。等办
好事，我们一起消夜！"

招待晚宴上，我控制着酒量。我和晚宴主人说，晚上还得和
几个二十多年没见面的老同学聚一聚。主人善解人意，收回了
"感情铁，胃出血"的架势。该尽的礼节尽到之后，我们恰到好
处收场，还是接我的车子送我回华天。

我原以为这一生不会再牵挂白石铺了，没想到在华天遇到了
牛新潮，虽不是一次"喜出望外"的偶遇，毕竟有些意外，生活
里鲜有这样的意外时刻——一个省政府机关工作人员，我的大多
数时间都被可预见性和义务性工作占据着。离开文化街二十几年，
我极少与初中同学联系，真有点怀念曾经的岁月，怀念那些发生
在白石铺、文化街、镇中学的人和事了。也不知如今那块地方变
成什么样子，昔日的老师和同学都还好吗？

回宾馆的路上，我努力在记忆深处钩沉。牛新潮不是提到胖
子小平和"胡子婆"了吗？我在往事里打捞着关于这两个人的

点滴。

　　胖子小平当年在白石铺的名气够大的！那是因为他是1974年3月白石铺汽车修配厂油库那场大火的始作俑者。油库在文化街对面，隔着一条上游路，有围墙封闭，我们从来没进去过。那时候，各种工业废油，汽油、柴油、煤油、机油都是好东西。我们常常跑到乌山冲辛辛苦苦采摘酸枣、茶泡等野果子，拿这些东西与钢铁厂、汽车修配站的子弟作交换，让他们帮忙弄一些油来。春夏之夜，我们点了火把，用自制的权子，去水稻田里捉那些跑到水面乘凉的泥鳅黄鳝，或者夜钓青蛙，将这些鲜活物用坛子里的酸豆角腌辣椒一炒，味道之美，如今想起来都流口水。活该那天出大事！那天是周末，一辆装满汽油的油罐车到油库卸油。输油管插入油罐后，管理员就和司机跑一边聊天去了，汽油从油罐里溢出来也没人知道。溢出来的汽油顺着油库水沟，流到了上游路马路的大水沟里。我们这些十一二岁、狗都嫌的孩子正闲极无聊，恨不得弄出点什么事来才过瘾。有人发现了水沟里流油，一声喊，我们比部队紧急集合的速度还快，找来了脸盆、提桶，去舀油。就在这时，胖子小平拿出了从他父亲那里偷来的打火机，想试验一下水沟里的油能不能点燃，灾难就此不可避免地发生了。说时迟那时快，一条火龙窜进了油库，也让我们平生第一次感受到了水火无情。油库管理员赶忙跑去救火，可已无济于事了。那个司机流着泪，开着还有半车油的车冲出了油库，往镇南郊叶岗冲方向去了，冲进了路边水的稻田里。附近正在田里做农活的农民都赶过来，和司机一道用稀泥巴去糊车身，最后居然灭了火。司机是有惊无险地活下来了，可油库管理员却没那么好运气，被大火活活烧死了。其实，他完全可以逃走的，但他没有，而是一直在为灭火努力。他虽有事故责任，但死在岗位上，还被追认为烈士。火，最终是被县城、衡州市赶来的消防车彻底灭了的。

在消防车没来之前，我们被镇领导和镇中学老师紧急动员疏散撤离，说一旦油库爆炸，整个文化街只怕不保。那种灾难面前人心惶惶的场面，我至今记忆犹新。只有一个人面对灾难和死亡时保持着淡定从容，那就是房东伍伯娘80岁的婆婆。那天是她生日，伍伯娘把她从乡下接到文化街，特意用肉票买了两斤五花肉，再加几斤春萝卜，切成丁，满满一蒸钵子，放在煤炉子上用文火慢炖出了一屋子香味。老婆婆宁死不撤，说活到这把年纪不怕死，就是死也要吃完烂在锅里的肉。众人好说歹说，直到把炉子上的肉一起端走，奶奶才答应撤出文化街。赶回家的苗子哥和我父亲轮流背奶奶，我和伍伯娘换着手捧着那一钵子肉，撤到了白石铺东郊的荷叶塘。奶奶安心吃着炖烂的肉，我们望着遮盖着大半个白石铺镇的乌黑浓烟忧心忡忡。直到傍晚，才通知火灭了，我们可以回家了。

那一群孩子里有两个小平，一胖一瘦，都住上游路。瘦子姓李，胖子姓罗。油库失火事件后，罗小平没被追究责任，但他的大名在白石铺无人不知了。对于此事，胖子小平后来轻描淡写地说，不过是想验证一下油是否真比水轻。

至于"胡子婆"，我懒得想这个人，又不能不想起她。她姓胡，叫胡红云，家住横街，火车站附近，是一个矫情造作的女人。因嘴唇上长着一些若隐若现的绒毛，便有个绰号"胡子婆"。

白石铺流行一句俗话："有钱难讨胡子婆。"意思是长胡须的女子稀罕。我和"胡子婆"小学就同班，她是文娱委员，歌声甜美，在学校文艺宣传队跳"红心向党"舞蹈时，小兰花指翘得很做作，又不能不承认很好看。当年她将我的同桌张子祥私下写给她的纸条交给班主任，结果弄得满城风雨，张子祥羞愧难当，最终在那个我被县里挑选到衡州市参加学科比赛的雨夜里，惨死在湘桂铁路奔驰的车轮下。这件事让那么多人失望和伤心，给一个本来充满希望的农村家庭带来了毁灭性打击，她难辞其咎。所以，我一直都不再理睬她。有关她的任何事都不值得我关注或用文字赘述，我一挥手，早把她清除出了我心里那本"同学录"。听说她初中毕业没考上高中，利用自家靠近火车站的优势开了个家庭小旅馆。

3

回到华天已经九点多了，我打电话给牛新潮，说有点累不去吃消夜了，就坐一起喝喝茶，聊聊天吧。牛新潮打着哈哈说："打小时候起，你就中规中矩，生活规律，不强迫你，到我房间来吧。"

我说好吧，先洗个澡。

按响牛新潮房间门铃后，开门的是个短发中年女子。我以为走错房间了，正要往后退，她笑吟吟地说："老同学，我们等你好一会儿了。"我进了房间，牛新潮站在茶几边上，嘴里抽着烟，光头在灯光下发亮。茶几上摆着几个饭盒，是凉拌卤菜，还有一瓶"飞天"茅台。和他打招呼前,我再看一眼短发女子,想起来了,她是胡红云。她一身薄荷绿的连衣裙,白色高跟皮凉鞋,似乎在借此强调她的好身材。事实上,她确实还像中学时代那么亭亭玉立。她风韵犹存。

知道她是"胡子婆",我没再正眼看她,只和牛新潮寒暄着。

她不蠢,看出我对她还心存芥蒂。她说:"很晚了,你们两个大男人好好聊吧,我困了。"说完,也不管牛新潮同不同意,起身走到了门边。

"也好,你先睡吧。我们文大处长在衡州还有几天,今晚我们俩先叙叙,明天大家再一起喝酒聊天。"牛新潮说。

房门咔嗒响了。

"我记得,她读书时留长发吧?"话一出口,我自己都觉得不可思议,怎么扯这上面去了!

"老同学对她蛮用心嘛!"牛新潮像抓住了我的小辫子,不失时机地调侃。

"歪嘴和尚可别把经念歪了!从我观察来看,你们两个……关系才不一般吧!"

"哈哈,哈哈,哈哈哈……"

我听出来了,这不是讪笑,是有几分得意的笑。

这时,门铃响了。我还以为"胡子婆"落下什么东西返回来了。牛新潮去开门,走进来一个煤气罐一样浑圆矮壮的男子。因有思想准备,我知道来者何人。他比小时候更是胖出了一种气势。

"老文,好久不见!都当上省里的大官了!我们同学的骄傲呢!"他一进来,肉乎乎的手就来抓我的手。他和中午我见到的牛新潮一样，西装革履，一身名牌。我想，是不是所有"先富起来的"人，都喜欢用名牌西装装点自己？而现在，牛新潮身上是一身白色休闲服。

"老罗啊，你们这些财主是不是以调侃我们温饱线以下的工薪族为乐事啊？"我用同样的口吻回应他，亲热得好像这二十几年我们须臾不曾分开过。

"不过，老文啊，还真对不起，我这是先来看看你，还得去陪亲家，明儿上午他们一走，你在衡州待多少天我都全陪！"

"没事，你忙你的。明天上午我去衡州师院看看，中午在外面随便吃点，晚上我做东，请老同学们聚聚。"我说。

"你这打我脸不是！老同学到衡州来怎么也归我做东！就这么定了！"

牛新潮赶紧附和："对对，应该胖子做东。"

"好吧。"我爽快答应。再和这些"土豪金"争买单权，就矫情了。

胖子又抓我的手，然后放开，大手一挥，走了。

"一听他这豪迈的口气，就让人觉得他拥有的财富和他的身材一样粗壮！"胖子小平一走，我不由得感叹起来。

"是啊是啊，这小子这些年折腾来折腾去，真折腾出大名堂来了。他是有财运的人。你可能还不知道吧？他现在身价过亿！"

接着，牛新潮便一五一十地说起了胖子小平的发家史。

"高中毕业时，他啥都没考上，接他父亲班进了县烟厂。后来他在销售科倒腾走私烟，发了一笔，也被人举报了。他干脆停薪留职，卖那种有氧摇摆机，坑了不少朋友，自己又大赚一笔。

正好这时，他舅子提升衡州市消防支队长。舅子提上去了，他便注册了一个公司，依仗舅子做起了消防器材生意。"

"等等，你说什么？胖子小平，当年的纵火犯，做消防器材生意？"我觉得这个世界到处充满黑色幽默和滑稽。

"可不是嘛！这可是独家经营，衡州有多少楼堂馆所？他赚得盆满钵满，财富像吹气球般迅速膨胀。钱赚够了，去年他居然投资七八千万，将衡州市电线厂一个旧厂房买了下来，说要改造成创意工业园，异想天开地想进军高科技产业，制造家庭实用性机器人。我怀疑他脑子是不是进水了？"

牛新潮这么一说，我笑了，这还真是胖子小平！记得在中十五班，他就是个动手能力很强的人，物理、化学实验没谁比他做得更好。他偏科严重，喜爱物理，这门课学得最好，而语文、英语、政治这些课程他往往都会不及格。如果不是我数学基础比他扎实，每一次考试或竞赛，考物理我未必能占上风。

我说："这个胖子厉害，有远见，据我对形势的研判，即便不能在高科技方面弄出什么名堂来，光这块地将来都可能让他财富翻番。"

"这个狗东西，有这一手！他要我参股，还说这就是原始股，但这些年我越来越想过安稳日子，不想折腾了。""原始股"牛新潮话说得洒脱，但我还是听出他话音里的小小失落。

"原始股"说着话，手却没停着，他洗好了两个杯子，把那瓶"飞天"打开，倒满酒。"来来，文大处长，我们就这么喝着，聊着。"

我坐下来，说："别这么左一个处长，右一个处长的，听着怪别扭。像胖子，叫我老文好不好？"

"好，好，老文！老文，今晚就干了这一瓶！我们好好聊聊。"

"我说，我可没你的酒量，何况还是晚上喝。"我瞄一眼杯子，大概二两样子。"就这一杯。"

"行！只要你这个大处长端杯，喝一口，我也开心。"

"你看你看，又来了！"

"哦，对对，老文，老文！"

4

能够看得出，牛新潮今晚兴致很高，面对我这个二十多年——哦，他说只有十一年——没见的老同学，有强烈的倾诉欲。当然，他可不是为了宣讲别人的先进事迹，而是像《红灯记》里的李奶奶一样，"痛陈革命家史"。

其实，他晚餐也喝了白酒，现在一杯下肚，话匣子就打开了。

"我这一生啊，都不知道怎么来形容，我想啊，有点像那种，经历过低谷到高潮之间峰回路转的过程！"

这个混球！我在心里骂了一句。

他抬头看着我，微笑着，好像知道我在心里骂他，但他不在乎。

他居然说出这比喻来。"你这个家伙，嘴里吐不出象牙来！"我说。不过我还真佩服他的妙喻，看来这家伙对于幽默有了很深的造诣。以前，我一直认为自己爱读书，也读了很多书，但知识在我脑海里大多等同于干巴巴的储存。而有些人，比如这个"原始股"，可能读书不多，却能升华书本和生活中得到的知识，让它们成为活的灵魂。

"老文啊，你是不知道我小时候家里的情况。你肯定不知道。那时候，你哪关注过我这种毫不起眼的同学——一粒小土疙瘩，丢进腰塘，水泡都不起一个。从某种意义上讲，我与你颇有几分相似呢。你父亲带着你从衡州下放到白石铺，像从天堂打入地狱。我出生时，家庭条件也曾是整个青苍江大队最好的，多少人羡慕嫉妒恨啊！我父亲当了三年工程兵，在四川大山打坑道，入了党，本可以提干的，可因他外公家成分是富农，部队外调后，取消了提干资格，最终复员回乡。虽然没穿上'四个兜'，但进了公社小煤矿当上了每月拿工资的工人。在当时一个全劳力一天工分只值一角几分钱的青苍江，一月工资加下井补助四十多元，那可真是十分令人羡慕的职业！有一个顺口溜形容他们：'进窑是虾公，出窑是雷公，洗了澡走在街上是相公。'我奶奶说远近的媒婆把我家门槛都踏破了，可我爸爸偏偏看上了青苍江对面张家大屋的阳秀妹子。那就是我母亲。

"我父母的结合，在别人看来，是生活已经许诺了给这个家一个稳定、持续的前景。母亲先后生下我姐姐和我，可以想见那段时间家中是充满幸福和欢乐的。但天有不测风云，我三岁时，矿井发生塌方事故，当时我父亲正在井下，被煤块砸中了。虽然他最终有幸逃脱了死神的魔掌，却落下了腰病，再也干不了重体力活。当时公社煤矿上都是临时工，如果下不了井做不了事，领导一句话，便可以被清退回家。

"回到生产队的父亲什么农活也不太会干，加上腰病，他还不如一个半劳力。我们家就这样一下子从米箩掉进了糠箩，好光景完全败落了下来。

"父亲被一个既成的事实完全击倒了！那些年，他每晚就着几根酸豆角喝很多的劣质谷酒，边喝酒边大量吸烟，把红灯牌收音机——我们家唯一的电器，父亲母亲结婚时买的——某个根本听不清的频道的音量放到最大，制造出很不受欢迎的噪声直到深夜，而且喝醉了就打我母亲。他像一座大山一样压迫着我幼小的心灵。每天晚上入睡前，我都躺在床上，望着头顶的瓦背想，明天会怎样？这个明天不是歌曲《明天会更好》那个永恒的明天，而是当下的、现实的明天。我每晚都这样从期盼出发，最终又被失望带入沉沉黑夜。母亲终于忍受不了父亲，在我九岁那年，跑了——抛下我父亲、年迈的奶奶以及我姐姐和我，跟一个当包工头赚了钱的人跑到我们找不到的地方去了。开始那几年，我还老梦到母亲。梦里的她不像是一个跟着别的男人私奔的女人，我们过着惯常的生活，我每天穿着打补丁但干净的衣服，背着她为我缝制的蓝卡其布书包到大队小学念书，她则在低矮的土坯屋精打细算，想着法子把每一个清贫的日子过得尽可能有点滋味，比如去后山，从青苔上捡回一些雷公皮，用清水煮开放点盐，便是一碗下饭菜。

"我想我母亲并不是因为包工头英俊潇洒才跟他的，事实上论长相，他实在无法与我高大威猛的父亲相提并论。其实长相在我母亲那里不重要，重要的是他手里有钱。还不只是钱，我母亲亲口说，在我父亲之前，他和她已经好上了。

"'这一辈子，我确实欠你父亲的，但我对自己的所作所为并不后悔！'生命的最后，安居在文化街的母亲这样对我说，好像她离开父亲不是背叛，而是修正了一个错误。我为父亲感到悲哀。她枯瘦的手把我的手抓得紧紧的，我知道她用尽了生命最后的力气在对我说话。那时，我父亲和奶奶已归天多年，姐姐嫁人了，母亲和那个包工头也分开了。那人带着他的四川小情人一天夜里从东莞赶回广州，途中出了车祸，双双死于非命。他倒是死得清爽，包括我母亲在内，他的任何一个女人都没为他生下一男半女。

"母亲说：'都是命。在你父亲之前，我就和他相好了。那又能怎样呢？外公家里穷啊，穷得揭不开锅，没有哪家姑娘能看上我们家。你外公说，老张家不能在他儿子这辈绝代。他放出话来，要拿我换亲，给你舅舅讨个堂客。可是他没有姐姐妹妹啊。你外公就说，能拿出三百块钱彩礼也行。可他就是把家里的茅草屋和茅房板都卖了，也凑不够三十元！这个钱，只有你父亲能出，也舍得出。'

"后面的事情我当然都知道了。一次，父亲喝醉后又喋喋不休嚷着要去广东找我母亲，扬言找到了要宰了他们！我实在忍受不了，于是揶揄他：'这真是个好主意，把他们都宰了！你应该明天就去，别再等了！'就好像我们在继续之前的话题，事实上以前他发酒疯，我总是躲得远远的。尽管我早就想指出一点：不要说能不能找到他们，就算找到了，又能把他们怎样？我干脆把话说绝。"

我盯着牛新潮冒油或者冒汗的光头，脑子里迅速对他的父亲进行素描：低矮的茅草屋，昏黄的煤油灯里，一个因妻子背叛而明显苍老起来的男人，他的愤怒被酒精吹得像一个膨胀到要爆炸的气球，却被自己儿子冷不丁刀子一样锋利的话语扎中，立即泄了气。他在儿子不屑的目光里羞愧地低下头，一副痛心疾首的样子。紧接着，我脑海里又浮现另一个场景，那是一次自己随领导出国，在法国因时差没倒过来，凌晨三点还睡不着。我搜到一个电影频道，因看不懂法语，不知道电影名字，但看明白了主要内容——一个男子发现妻子和自己公司年轻下属好上了，他买了把左轮手枪，在一个晚上跟踪到他们经常幽会的旅馆。我满以为他会踢开房门，当场击毙那对男女，给观众一个快意恩仇的结局。谁知，他徘徊了整整一夜，在黎明来临前，坐在旅馆外面一条长椅上，用那把左轮手枪结束了自己窝囊的一生！

"从某种意义上来说，我父亲是被我逼死的。""原始股"并不在意我因为脑子里思考别的事情而露出的怪异表情，他只顺着自己的思路继续他的陈述。"他毕竟是我父亲，我同情他，但在心里我瞧不起他。他应该更像一个男人那样活着，即使家里穷得叮当响，即使你的女人受不了这份穷而跟着别人跑了，也应该挺直腰杆有尊严地活着，毕竟天没塌下来，生活还在继续！就在我讽刺他之后的第二天，他离开了青苍江，到江西一个深山林场去做伐木工。直到某一天我和奶奶被通知，他得了心脏病，猝死了。一米八的个头出去，回来的是一个小小的骨灰坛子。贫穷却正直一生的我奶奶，怎么也消化不了这个事实，伤心过度，三个月后撒手人寰。后来，有一种永远无法被证实的流言传到我耳朵里，说我父亲是与林场做饭的女人有染，被女人的丈夫设计害死的。我宁愿相信这是真的，这说明他最终从我母亲强加给他的失败中站了起来！对于父亲的死，我悔恨交加，但不承认他的死与我伤人的话扯上瓜葛，我只认定他的死归因于我母亲的背叛。

"为了讨到我母亲，父亲将复员费，连同几年在煤矿积攒下来的三百块钱心甘情愿地送到了我外公手上。三百块啊，在当时什么概念？那可是四百斤猪肉的钱！你家一年到头能吃上两斤猪肉吗？就因为有了这三百块，我的舅舅找到了老婆，而且办了个像样的婚礼。而我父亲，只是利用工休日到池塘里摸了一盆子螺蛳、蚌壳，又在稻田里捉了一竹篓黄鳝泥鳅，用酸辣椒炒了，打回几斤谷酒，请村里几个家族长辈吃一顿，便成婚了。"

说到这里，牛新潮举起酒杯和我碰一下，一饮而尽，这是他第二杯见底了。灯光下，他的光头湿湿的，不知是冒油还是冒汗。而我虽事先申明就一杯，也又抿了一口。

"唉！不过现在这一切都不重要了，他们都死了，我父亲、母亲、那个包工头——他引诱了我母亲、腐蚀了她，最后又抛弃了她。不过，我母亲跟着他也没亏，吃香喝辣了好几年，见识了外面的世界。那个包工头还在白石铺文化街给她买了房子和铺面，临死前还给了她一笔够她好几年花销的钱。哦，那个包工头和我母亲一直没结婚，只是同居，后来他又认识了一个川妹子。我母亲一直认为包工头是真心爱她的，她才是他的正餐，其他女子，只是开胃品。所以，她睁只眼闭只眼。"

5

可能说得有点累了，牛新潮端起酒杯与桌上我的酒杯碰一下，喝一口，放下。我们只喝酒，桌上的凉拌卤菜一直没动。牛新潮又拿起桌上的黄"芙蓉王"香烟。

"我只抽这个牌子。"他抽出一支放自己嘴里，又抽出一支以我无法拒绝的方式递给我，然后拿起打火机先给我点上，再给自己点上。他深深吸一口，长长地吐着烟雾。

"谁给你取的'原始股'这个绰号？"我拿起烟问道。我不抽烟，但今晚必须得陪着。牛新潮今晚如此掏心掏肺向我和盘托出了他的家庭并非光彩的往事，说实在的，是需要一些勇气的。我，不能太生分。

"你不是想'胡子婆'怎么剪短发了吗？告诉你吧，我让她剪的。"牛新潮绕开我当下的提问，转到我前面无意间提到的另一个问题。思维跳跃得够快的！

我望着他，等他往下说。

"她是我的……你懂的！一次她躺在我怀里，用手抚弄着自己的长发，我说你去剪一个短头发吧。第二天，她就把如瀑的长发剪成了一个干净的蘑菇头。"

我现在确定，就在我进房门之前，就在我们重叙旧情、回忆往事之前，牛新潮一定刚和"胡子婆"上过床！想来我进房间时，他们已经打扫完了战场。牛新潮重新穿上舒适的休闲装在房间走动，那一刻，他把香烟吸得很贪婪，一定还在回味如梦一般的余味。

这家伙真的是……我在心里骂道。我不仇富，但对为富不仁还是颇为腹诽的。

"其实，她留一头长秀发更有女人味，只是在床上时我总会压着她的头发，她就喊疼，影响情绪。还有一个隐秘的原因，我一看到她的长发就想起过去的事，会很不开心——她年轻时留着长发，女人味十足，太招惹男人，才会让那个'台湾佬'得手。"

"台湾佬"，谁？里面有故事！我在心里嘀咕着。我知道牛新潮今晚会在我这个老同学面前竹筒倒豆子的。他沉吟片刻。我产生了好奇心，准备采用迂回策略催促，说："印象中，中学那会子，没听说你和'胡子婆'还有什么瓜葛？"

"的确，中十五班那会儿，我和'胡子婆'毫无瓜葛，那个时候我还没开窍呢！"牛新潮解嘲道，"我母亲跟人家跑了，我整个就是一个笑话，低人一等，每天小心翼翼地，除了读书从不多说一句话，生怕引起了同学关注，哪还有心思去想女同学？再说，也没哪个女同学拿正眼瞧我一眼！"他叹气，给我一个悲情的苦笑。

"我知道，那时有不少男生暗恋她，比如你同桌张子祥，因为'纸条事件'弄得无法收场，最后死于非命。我还知道，她和文化街的曾在泰公开谈过恋爱。"

"她和曾在泰交往，我早就知道。"我说。我至今清楚记得初中二年级一次晚自习后，曾在泰硬拉着我去上游路他姐姐做事的冰室喝冰水的情景。他手里拿着她从她父亲那里偷来送给他的一个打火机向我炫耀。我知道他的目的是想通过我传话给张子祥，别癞蛤蟆想吃天鹅肉。

我说："不奇怪啊，那时'胡子婆'和曾在泰都在学校文艺宣传队，曾在泰演过《沙家浜》里的郭建光，她扮演过阿庆嫂。只是他们公开谈我不知道，是我考上大学之后吧？怎么后来他们不谈了，'胡子婆'又和你扯上了联系？"

"你还不知道吧？你上大学后，曾在泰招工进了县烟厂，那是个不错的单位。他们公开了。可一次酒后打赌，曾在泰将一个同事从三楼的窗户推了下去，摔瘫痪了，他被判了十年刑期。他俩自然谈不下去了。恰好我中专毕业后被分在衡州粮食局，'胡子婆'到衡州办事来找我，我们就谈上了，都要谈婚论嫁了，可是……唉，老文你不知道，她给我的心灵带来过深深创伤！"牛新潮将手中吸得差不多的烟蒂狠狠摁灭在烟灰缸里。"不过，随着时间推移，伤口早就厌倦地合上了。"

看起来这件事也有些说来话长……

"我从省粮校毕业，被分在衡州市粮食局工作，那时粮食虽然放开了，不再像以前统购统销，但单位还是不错的。'胡子婆'跑到衡州办事，找到我，我接待了她。我回白石铺也去找她，一来二往我们就谈上了。虽然她没个正式工作，但吃着居民粮，家靠火车站，开了个家庭小旅馆，生意也不错。再说，她……那么漂亮，这个你不会反对吧？我们都准备要结婚了！可是她……突然冒出个可恶的'台湾佬'！"

"'台湾佬'是原籍白石铺的一个台商。两岸'三通'后，他回白石铺祭祖，当时就住在'胡子婆'的家庭旅馆。他对'胡子婆'的美貌垂涎三尺。

"几次调戏没有达成目的，'台湾佬'邪火中烧，放弃赞美的陈词滥调，拿出一万元崭新的人民币往桌上一拍，直截了当。有个词语叫财大气粗，就是为他准备的！那个时候大陆才刚刚发行百元大面值钞票，白石铺绝大多数人还没见到过这样的票子。在人们眼里，十元五元就是大钱了。百元大钞就像马克·吐温小说里的百万英镑。一万元，就是万元户啊！厚厚一沓百元新钞，不把人砸死也得砸晕！的确，'胡子婆'被砸晕了！那一刻，她的内心有一个邪恶的灵魂在犹疑着，像一只老鼠在洞穴里迟疑、逡巡，最终邪恶战胜了理智，她彻底被俘虏了。

"本来，这是天知地知你知我知的事，可纸包不住火。'台湾佬'一次酒醉和人吹牛，把这事说出去了。这个可鄙的东西居然厚颜无耻地说，可惜她不是处女！

"这个事让我知道了，给我莫大的打击和刺激！原以为我和她的故事会像一个童话故事的结尾，幸福地走到一起，共浴爱河，共度漫长一生。'我发誓，有一天我会让你为自己的贪婪、无耻和愚蠢后悔！'那次，我很冷漠也很文艺地丢给了'胡子婆'这句狠话！尽管'胡子婆'后悔了，且羞愧难当，但我不原谅她！

"自从她和'台湾佬'的事被人知晓后，白石铺稍微体面点的未婚男子谁还敢和她谈恋爱？那时，一些往返于邵东和桂林之间做药材生意的小老板，要在白石铺转火车，会在'胡子婆'旅店歇一晚。她也因此和一个老板好上了，嫁到邵东去了。

这时，床头柜上的电话响了。我和"原始股"都被吓了一跳。夜深人静的，铃声特别刺耳。

"谁啊？这么晚了！"牛新潮站起来，走到床边，拿起话筒。

"你谁啊，怎么不说话？喂，喂，别装神弄鬼好不好！"

啪的一声，"原始股"扣下了话筒，回到茶几边坐下，看了看自己空了的酒杯，抓起酒瓶。他要先给我加满。

"说好我就一杯的！"我用手掌盖住了杯子。

"你啊，当初是老师眼里的好学生，现在是人民的好干部！""原始股"有醉意了，醉眼盯着我，嘴巴张成不满的形状。我看见了他被香烟染得有些发黄的牙齿。

"原始股"将自己杯子加满，喝了一口，潮湿的嘴角突然流露一丝细小的、一闪而过的微笑，代表了一种态度。是笑我一直谨小慎微、循规蹈矩，活得不够洒脱？还是自嘲，即使自己赚了钱，在一个国家干部面前也不过是暴发户，万贯家财并没把自己身份垫高？我不得而知。

6

"谁的电话？"我问。

"不知道。话筒里只有一个粗重的呼吸声，没说话。"

"会是'胡子婆'吗？打探我走没走，还想找你聊聊？"

"不是。"牛新潮肯定地回答，"不管他！"

"你不是痛恨'胡子婆'吗，怎么又和她混到了一起？"我把话题重新续上，说出了心里的疑惑。

"唉，我现在活得越来越明白了，人活在当今这个变革的时代，总会有一些不完美发生让你感觉不是那么美好。但我们必须要让自己去适应这种感觉，不然就可能错过那希望得到的小幸福。"他没有直接回答我，却又给了我一个明确无误的答案。

"我有过一次短暂的失败的婚姻。"牛新潮说，"我的前妻，是一个报社编辑，一个喜欢抛头露面，好在男人面前卖弄的女人。她啊……可能与这个男人调情的同时，还在另一个面前装出一副少女的矜持来。这取决于她对这个男人性格的本能感受。我刚毕业那会儿爱上了写诗，还在她工作的报上发表过诗作。可她最终嫁给我，却不是看上我身上的文艺细胞，而是看上我赚到了第一桶金。从谈恋爱开始，她就疯狂花我的钱，还拿出了理论依据，说鲁迅先生说过，只要经常花钱，烦恼会减少百分之八十。我反问她，钱从哪里来，先生说过吗？我们结婚半年后就越来越难以相处了，在一切能说的、能表达的以及能威胁的都被说了、表达了之后，我们达成的停战协议是一纸离婚证书。呵呵，没什么可后悔的，回首我们短暂的婚姻生活，除了床上的那部分，并没有哪件事让我感到生活的美好，让我值得留恋。

"当然，平心而论，责任不全在她，可能是我不适合婚姻吧。老祖宗说得在理，江山易改本性难移。如今那么多聪明人认为，任何事物都可以改变，到头来生命里与生俱来的性格总会像真理一样凸显出来。我想，我父母失败的婚姻让我刻骨铭心，所以从小我就惧怕婚姻。既然我有钱了，就做一辈子钻石王老五吧。"

我瞟了他一眼，弄不清他是真洒脱，还是装出的洒脱。

"来来，老文，别光顾着听我讲故事，酒也得喝！"牛新潮端起酒杯。我也端起来，和他碰了一下。

"你不是问我怎么和'胡子婆'又弄到了一起吗？她和那个

药材小老板婚后感情并不好，新鲜感一过，小老板就总拿她之前的事找茬，赚了点钱就到处拈花惹草，以求心理平衡。后来他又迷上了赌博，再无心做生意，坐吃山空。一次赌输了，他居然借高利贷，一时还不了，变成滚雪球，结果房子卖了还让放贷人挑了一条脚筋，落下了终身残疾。'胡子婆'只好带着独生女回到了白石铺。

"白石铺已经建起宾馆，她父母的家庭旅馆没什么生意了，她只好将空出的房子租出去。她爸妈也老了，做不了什么事，全家人就靠一点点租金维持生活。她女儿大了后要读书，开销更大，实在撑不下去了，觍着脸面到衡州找到我。真是应了那句话：可怜之人必有可恨之处！我看在老同学的份上，不计前嫌。她愿自荐枕席，我也没嫌弃。反正我离婚后没再成家。我不缺女人，多她一个不多吧！"

"看来，一个人赚钱赚得太快，常常容易让他处于一种带攻击性的好心情里。"我感叹道。

"是的，老文。我和她的第一次，我有一种报复的快感。在床上，我看见她那张因极度兴奋而扭曲的脸，我以前没见过，以后也永远不会忘记。那一刻，她被'台湾佬'拉下水带给我的耻辱一扫而光！"

我又瞥了一眼"原始股"。发现他因为说得激动而冒油的光头更加发亮，像一只大灯泡。

他从烟盒里拿出两支烟，递给我一支，自己叼一支。反正今晚破戒了，不妨再陪他抽一支。

牛新潮深吸一口，然后悠然地吐着烟圈。看来这些年他真赚了不少钱，把休闲服也穿出品位来了，全身上下透着一股很懂吃喝玩乐的潇洒味道。

"不过，我还是决定和她断了，就刚才，你来我房间之前我对她说了，我们不再来往。她哭了。不过我也承诺了，她生活上的困难，我会一直帮下去，直到我帮不了的那天为止。"

我突然从心里对"原始股"产生一份好感来，同时意识到，"胡子婆"刚才离开这个房间，不全因为我对她的冷淡，更多因为牛新潮提出和她分手，她一时接受不了。

房间灯光很亮，我们虽隔着茶儿，却坐得很近，以至于我看见了"原始股"白色休闲服左前胸处一个口红留下的印迹。我想，是"胡子婆"刚才哭泣时他拥抱她时留下的吧。

7

"不要全回忆那些痛苦的事，让人透不过气来了！"我说，"该讲讲你光荣的……创业史。"我刻意选择了这个好听的词。

"那好，将杯子里的酒干了，瓶里剩下的最多二两，我们二一添作五！"

"行！"反正今夜无眠。我答应了"原始股"的条件，主动拿起杯子和他碰了一下，一饮而尽。

牛新潮拿起酒瓶，把酒添进我们杯子里，果然都只有半杯。

"说实在的，对于金钱，我有比别人更深刻更本质的认识，可谓是爱之在心又恨之入骨！钱是什么？就是王八蛋！所以郁达夫有钱时就是把钱放在鞋底里，因为曾经被它压迫过，如今要压迫它。

"我和'胡子婆'谈恋爱时曾对她真情表白过,知道凡·高吗?就是那个画向日葵的画家,他身无长物,只有割下自己耳朵献给心爱的女友。我曾和她说,我现在也没钱,但我可以掏出自己的心给你!可她是物质的,我纯洁的一颗心竟比不上'台湾佬'的臭钱。我的心被她无情践踏了!

"也好,这件事给了我最深刻的教训,我从一个浪漫的诗人彻底转变成了一个现实的拜金主义者。一个想法就在那一刻在我脑海中形成,我要赚钱,必须赚很多很多钱!

"我没给自己留后路,向单位辞职了。我知道自己一旦越过警戒线,置身于危险的境地,就如驾车在陡峭的山路往下飞奔,而刹车失灵,山下是深深的峡谷或一条浪花奔腾的河流,我只有祈求上苍和运气了!我跟着一个中专同学到了深圳,投奔在他只要能赚钱什么都干的堂哥门下,认了他为老大。'这是深圳,如果你胆子够大你就去做!'老大见到我们的第一句话就是这么说的。说得我热血沸腾,好像属于我的财富已经列队等待我检阅。

"然而,一切精彩故事的开头部分都绕不开'理想很丰满,现实很骨感'的俗套。两年时间,我没赚到钱,吃饭饥一顿饱一顿的,有时一整天只吃一碗泡面,甚至泡面都吃不上。我同学熬不住了,打道回府了。可我认死理,绝不回头!

"一次,机会来了,老大得到内幕信息,某个地方要建新大楼,于是他从老家亲戚和深圳老乡那里连哄带骗,能借的钱都借了;我也从有过联系的同学那里尽力游说借了一些,凑了五万块钱,打算给关键人送礼。我们还想好了,在饭局上就完成这事。

可我们除了好不容易凑的这五万元，哪里还有多余的钱吃饭？但我们管不了那么多了，人约好了，我们赶紧租了一辆豪华大奔，订了深圳最豪华最贵的海鲜酒楼，鱼翅、鲍鱼、老虎斑什么的，什么最贵点什么，还开了一瓶路易十三。那位关键人被我们的气势镇住了，笑纳了我们用毫不起眼的黄挎包包着的'那点小意思'。

"老大开着大奔送人家走了，接下来的事，就不用说了。反正我被酒店的人揍了一顿，还被五花大绑丢在一个黑屋子里，两天两夜未进一粒米、一滴水，直到老大拿到签好字盖好章的合同，再到银行办好贷款，才把我赎出来。接下来，故事逆转了，峰回路转。那栋办公楼建成后，我用挣来的钱，在深圳买了一大一小两套房，大的270平方米，小的120平方米。

"半年后，一次我和衡州朋友电话聊天，无意中听到他工作的工厂要改制，每个工人将持有一定份额的原始股票。那时股票这玩意儿还没几个人知道，工人们心里忐忑，希望兑换成现金，握在手里踏实。我觉得商机来了，赶紧将那套小房子卖了，连同手里的现金，都带回了衡州，摆一个桌子在那家工厂的大门前，收购他们手里的原始股。

"有人笑我野鸭子还在天上飞，就架锅烧水。我说这叫未雨绸缪。事实证明我是对的。在这个年代要想发大财就要有前瞻性眼光，要比别人先看到黎明的曙光。爱因斯坦不是也说过，机会总是垂青那些有所准备的人吗？股票一上市，我的银行账户一下子多出了好几百万。真有种梦幻般的不真实感啊。以后，别人就叫我'原始股'了，我也欣然接受这个能给我带来财富的绰号。

再后来，我开始炒股，我姓牛啊，我不炒谁炒！"

"精彩，太精彩了！来，'原始股'，喝一口！"这次是我主动端起了酒杯。

"是啊，我的人生从此精彩了。而且，我还觉得自己开始有能力让这个世界变得有趣，让人生变得可操作了。""原始股"喝了一口酒，接着说。

我惊讶于他说的话。看来他这个"原始股"的绰号不是白得来的，只有在股市里长期摸爬滚打的人，才能总结出这样富于哲理的话来。生活真能教会一些人什么。

"在这个充满尔虞我诈的生意场上当受骗太平常了。总的来说，我始终以谨慎、机敏和不折不扣的韧性支撑自己，小心绕过了很多陷阱，把事业一步步推向成功，却没想到被自己最亲的人害了！

"后来，我打算筹备注册成立一家物业公司，这是个不一定暴富，但肯定稳赚的行业。就在这个时候，我唯一的亲姐姐，她大学学财经的儿子毕业了，暂时没找到合适的工作。我说，你干脆给我当操盘手，帮我炒股算了。我观察了他半年，他还真有头脑，在股市上帮我进账不少。我也给了他丰厚的报酬。我完全信任了我的这位亲外甥，自己则安心在物业公司的运作上。可等我的物业公司开张之时，我才发现自己股票账号里的近九百万所剩无几了！原来是他迷上了网上赌球！我的钱就这样打了水漂。当我的姐姐、外甥面对我时，外甥说反正就是这样，舅舅你再逼我，我就去跳楼！姐姐说，你怎么能把这么多钱交给他呢？

"为了维持物业公司运转，我又只好把深圳那套大房子给卖了。如果留到现在，都翻三四番了，值上千万了！"

8

在省会城市生活几十年，每天忙忙碌碌，穷于奔命，脚步永远那么匆匆，灵魂已经跟不上了。有时真想过退休生活，回到白石铺，带一摞书、一个笔记本电脑，再租一套小房子，消磨几年余生的光阴。早上起来，顺便在哪家早餐店来一碗米豆腐或鱼米粉，然后，坐在洒满阳光的桌前看书、码字。等到傍晚，再散散步。晚上，弄几个下酒小菜，邀上几个儿时玩伴、如今的老伙计，来一杯伍伯娘家那种自酿米酒，聊聊往事，也说说这个我们小时候怎么也想象不到的完全变化了的世界。

因为机关周日不办事，加上昨晚和"原始股"聊得太晚，我睡了个懒觉。上午十点才出门，到衡州师院转了近两个小时，然后顺便吃了碗面，回到华天。我得好好补个午觉。晚上，还答应了和"原始股"、胖子小平、"胡子婆"，以及胖子小平约好的几个在衡州的原白石铺镇中学的同学聚聚，说不定聊到开心处又要多喝几杯。

正在午睡，房间门铃和敲门声同时响起，我的身子骨被弄醒了，脑子还沉醉在酣梦之中。我迷迷糊糊去开门，是胖子小平，他人还没进我房间，就紧张兮兮地说："不好了，'原始股'不见了！"

我一时没反应过来。

"'原始股'，牛新潮，不见了！约好送走我亲家后，上午跟我去我的创意园看看的。可是他上午一直没在房间宾馆，人出去了，可手机落在房间。我调来监控，发现他凌晨五点出的宾馆。"

"总得在哪儿吧，这么个大活人，还能丢了？"我东张西望，心不在焉，好像是在寻找某个东西却记不起放在什么位置。

我突然想起什么，说："问过'胡子婆'吗？"

"问了，她也不知道。而且，上午她也离开衡州回白石铺了，她说她妈妈突然病了。"

9

通过这次衡州的不期而遇和彻夜长谈，我才发现白石铺那方水土养育出来的、自己的中学同学里真还有一些奇才怪才，比如"原始股"、胖子小平。而"原始股"能和我推心置腹和盘托出他自己的——那些我知道的和更多我不知道的——一切，只能说他已经超越了曾经的生活。他觉得自己得到了比我们想象的他会得到的更好的生活，他很滋润。也就是说，人们眼里一株生长在白石铺那块贫瘠土壤上先天不足、后天失调的杂草，却出乎意料地长成了一棵大树。也许，这就是生活的本来面目吧，除了现在这个样子并没其他可能。所以，他们做出任何事情来，我不再有质疑。

但，"原始股"突然失踪了，还是出乎我意料。

当胖子小平惊慌失措来通报"原始股"失踪，开始我丝毫没在意。"老罗，你有点神经过敏吧？青天白日朗朗乾坤的，一个大活人出不了事。"

"请相信我，真的，老文。以我对'原始股'的了解，他从来不玩这种无聊的失踪游戏，一定是出事了！"胖子小平面色凝重。"请相信我！"他再一次强调。

"好吧，我相信你。"我说。听见有人用如此郑重其事的口吻对我说话，我总归选择相信。"这是我的原则。所以，我相信你。"说完，我也再一次露出宽容的微笑。

人们有时候不太愿意相信那些正在发生的事真的在发生。

"人生就是一张我们所有做过的错事的清单。"我想起昨晚从"原始股"房间告别时他最后说的这句话。说这话时，他的舌头已经有些打卷。其实，除了我喝的大概三两酒外，那瓶"飞天"茅台已在他的自斟自饮中被喝得精光。他有了浓厚的醉意。

"你应该好好睡一觉，让自己彻底放松放松。"在打开他房间门时，我回头对他说。为了让自己看上去很真诚，我记得我说完后还郑重地点了点头。

"原始股"确实就这样莫名其妙失踪了。胖子小平连续寻找了两天也没找到，甚至动用了他那个曾在消防当过支队长，后又转业在衡州市公安局工作的舅子的力量。这两天我没有参与寻找活动——虽然我认为这不是什么好兆头，我已经相信即使再无聊，"原始股"也不会单纯地上演一幕失踪的闹剧——但我得继续办我的事。当然，我在衡州的事情办得很顺利。

傍晚，下了一场雨，气温下降不少。真是一场秋雨一层凉。就在我准备离开衡州返回省城时，我突然改变主意，向厅里请了两天假——从我公休假扣除。我又给家里打了电话，然后连夜打车回到阔别二十多年的白石铺，回到文化街。

月光惨淡，雨后的柏油马路在经过的车辆灯光照射下亮着反光。道路两旁的水网稻田隐形在无边夜色里，蛙鸣混同着泥土特有的腥味和庄稼的芳香，从黑暗里传递过来，让我不安的心得到了安宁……

2019 年 3 月 18—29 日于长沙

已经到来的秋天

1

只在一件事情上，我和他的认识高度一致——那就是我们的爱情持续不了太久，比如坚持不到明春花开，但这不是爱本身的事。天地良心，刚开始时，我真不知道他患有严重的抑郁症，不知道抑郁症能要了一个人的命，不知道一个成天想和我黏在一起拥有鲜活生命的人是未来的自杀者！看到他那副白皙得不太正常的脸，眼眸只要不闭上就从里向外流露着忧伤，我还认为一个诗人天生就该这个样子。或者说，写诗让他多愁善感。我劝他别写了。他回答我："我的人生天空凝聚着浓重的阴霾，是诗歌为我撕开一道罅隙，照出一线亮光。当然，这并非上帝之光，救赎不了谁，但至少给灰暗的生活多了一份别样的色彩。"当我意识到某些事物正四面合围向我们步步紧逼的时候，我们已深陷其间无力自拔。相依相舍，或聚或散，只有把一切交给上苍裁决。

那天，他再一次夸赞我皮肤白嫩得像刚刚落下的春雪，不小心多看一眼也会融化。然后，他单膝跪地，抱着我的双脚，将头伏在我膝上哭泣起来，说此生离不开我了，如果离开我会死的。我没被吓住，没倒吸一口凉气，也不认为他话里隐含某种要挟成分，只想这是个自相矛盾的"病态时代"——关于"病态时代"的结论，据说他和他的诗友们达成了共识。对此，我并不赞同——生活在这个时代的文人都这德行，多愁善感，夸大其词。我坐在我们刚刚亲热过的长沙发上，看着他忍不住扑哧一笑。真有你的，一个大男人怎么如此脆弱！

2

人与人相遇是需要一点缘分的。

两年前，我一个人去市里的简牍博物馆看岩画展。那是我两年来从一桩在别人看来充满优越感，其实充满痛苦的短暂错误婚姻里逃离后第一次参加这类活动。我们在博物馆宿命般地邂逅了。自离婚后，我把新仇旧恨锁在记忆深层，从不触及它们，只想抱着静一静的心态，不惹风花雪月，回避恋爱和婚嫁，谢绝所有好心人各种形式的牵线搭桥。

也许线条像甲骨文笔画的画过于冷僻，没多少人喜欢，也许画展进入第三天，热闹已然过去，整个画展大厅没几个人。这样更符合我的心境，我打算一个人不紧不慢逐一欣赏那些冷色调的"鬼画桃符"。就在这时，我感到后背有些燠热，仿佛有一双眼睛贴在我的后背，自己完全被一双幽深的目光锁定了。还别说，女人的第六感往往非常准确。

他是被一个画家朋友拉着去的。后来，他狡辩，说是我自己掉进他眼睛里的，如一枚石子投进湖水，"扑通"一声便在他心里荡起一片涟漪。在我佯装生气之后，他立即补充道："知道我第一次见到你时什么感受吗？你站在那些岩画前，穿着那件巴宝莉大地色风衣，亭亭玉立，既古典又现代，像商场品牌衣服专柜的模特，体态完美，神情空无。那一刻，你像秋天般干净，灵魂一定在漫游，双目清冷之间有意无意流露的冷漠之美真是夺魂摄魄。你知道吗？你尽管穿着随意，但身上从内至外透着一种我无法形容的气质，那么强烈地引导我、暗示我。我的心一下子被抓紧了，俘虏了！"

"你可一点也不矜持，不像诗人！"

"我的女神啊，这宿命般的邂逅，你让我怎么矜持？你都不知道，我掌心发潮、内心突如其来的战栗和冲动是怎么回事！"

"你这人真是挺能狡辩的。就是提着开水浇花，也不承认自己蠢，而是有主见。你就那么有把握我会搭理你？"

"说实话，真没有。不过，我对自己的真诚有足够信心。一个诗人的真诚有地火一般的力量。"

"臭美吧！如果发现你是个油滑之徒，我不会正眼瞧你，更别说与你交谈，留下彼此的联络方式了。"当时我在保持适度警惕的前提下，还是让他添加了联系方式。我省略的一个事实是：那一刻他的目光清澈又炽热，像一张网，被网住的我也有些无力挣脱。

在展厅，他自我介绍自己是国内有点名气的诗人，现在文艺出版社负责青春文学图书编辑工作。他邀我看完画展一起去"半岛咖啡店"喝杯咖啡。我谢绝了。我可不能让人觉得我是个第一次和陌生异性见面就能接受邀请的女人。

"我满心的期待像一棵岳麓的红枫，而此刻的失望又如空流北去的湘水。"他脱口说出了这么一句应景的话，向我验证了他的诗人身份。

我们再次见面是在一个月之后的"止间书店"。出版社搞了一场签名售书活动，为一个在网络上爆红的农民残疾女诗人的新诗集做宣传。他是诗集的责任编辑。他邀请我参加。我去了。我看见他在书店门口迎接我时眼里燃起的火苗。"你能来，我有些喜出望外，活动结束后，一起去喝茶吃饭？"

"就我们俩。"他补充说。我说："不妥，你是活动的主要组织者，怎么可以置大家于不顾单独陪我？""那明天，可以吗？"我怕我们聊得太久影响他工作，再说，有好多双复杂的、有着不同内涵的目光正从不同角度集中过来笼罩着我们，我只好点头同意。

第二天是周六。我们约好在衡山北路"尚品茗家"茶楼见面。地方是我挑的，离我家近。我们更多停留在礼节性会面，没有进行深入交谈，不过那天还是交流了一些个人基本情况和信息。他是独子，父亲是一个郁郁不得志、刚退休不久的老干部。他在自己的位置上干了整整 22 年。他的母亲去世 14 年了，那年他才 15 岁。母亲去世后，他就一直跟着外公外婆过，参加工作后搬进了单位的公寓房。他告诉我，母亲去世后，父亲和一个女人在一起了。是的，他说的是"一个女人"，而不是"继母"。我没多问，刻意避免交浅言深的唐突和尴尬。

我告诉他，我父母都是恢复高考后前两年考上大学的，念的土木系，大学毕业后都被分在省建筑研究院上班。我当然不会告诉他，在"改革开放"百废待兴的年代，这无疑是个好职业，除了不薄的单位工资、福利，父母还可以私下接些设计业务，挣到丰厚的外快。因此我的家境相当不错，父母早早就给我姐姐和我各买了一套大三居室的精装商品房，在我结婚时还花了三十几万给我买了辆天际蓝色的 Mini Cooper。我只告诉了他自己的情况：我大学毕业，是市第九中学的美术教师。

我还告诉他，我有一个姐姐，比我大两岁。姐姐身体里遗传了父亲的基因，是个学霸，本科、硕士、博士一路读来毫不费劲。只是她天生热衷从政，没把心思放在做学问上。放着好好的被破格提升的高校副教授不做，偏去参加省委组织部人才引进，跑到一个偏远贫困县当什么副县长。简直是个"官迷"。

我们的交谈是轻松愉快的，也很有分寸，都没有提到各自的情感问题。我们心知肚明，还没有熟到和盘托出自己的份上。再说，在异性面前谈情感是蹚雷区，没有学到工兵那套本领，还是绕着走的好。

3

现在是高铁速度时代，一切都在只争朝夕。在我生活的城市里，一些事情每天都在发生着。也许你早晨出门还是单身女郎，回来时你的手很可能挽着一个男人的臂弯。但，很多人恰恰忘记了一点，你之所以珍贵，是因为你没有轻易交出自我。对一个女人尤其如此。能有这点认识，因我有过彻骨的疼痛。

我和他从那次"尚品茗家"茶聚后，双方似乎都意兴阑珊，除偶尔微信问候外，再没提过见面，直到半年之后。

一天，他没通知我，突然到了我们学校，到了校门口才打电话给我。说真的，我心里很有些恼火，可出于礼貌，我还是去见他了。我把他从传达室叫到校外。我可不想和他在传达室交谈什么，门卫黄爹是个讨嫌的快嘴巴。

他说刚从内蒙古参加一个民间诗歌活动回来，给我带回来两小盒奶贝和一幅羊皮烙铁画。

我展开烙铁画，一看就喜欢上了。画面简单，三两朵白云、一个蒙古包、两只小羊羔和几株青草。"江南无所有，聊寄一枝春。"他搓着双手，腼腆地说。

我知道这幅画不值钱，也就百十块吧。但我不能按世俗的价值衡量一个人的用心与真情。何况，我本来就对这种简洁而有意味的小玩意别有情愫，于是赶紧回答："明明是'塞外风景异'嘛，我喜欢。"那一刻，我的心情好得如同一朵阳春三月的轻云。但我没有忘记提醒他，"再这样不速而来，就别怪本小姐不接见。"还对他说以后不要到我学校来。他兴奋地眨眨眼，将右手举过头顶，行了个少先队礼："谨记小羽老师教诲，以后不在学校见面！"我才意识到给自己挖了坑，掉进去了。这相当于答应他以后可以见面，只要不在我学校即可。

果然，没过两周，他兴致勃勃打电话约我到"尚品茗家"见面。他刚从新疆回来，也是去参加了一个诗歌活动。他给我带回一块蓝紫色的玛瑙石。他告诉我，那是他和诗友驱车穿越塔克拉玛干沙漠时，特意停车下来为我捡的。那石头不知被狂风抽打和磨砺了多少年，仍然棱角分明。他对我说："我不如这块玛瑙，它的体内蕴藏着太阳的影子！"

他的补白让我感觉一块坚硬的石头居然是一种生命形式的真实存在。我小心翼翼接过来，感受着它被岁月摩挲过后的温情。说真心话，那一刻我仿佛看到了他跋涉在广袤沙漠里那迎着烈日苦苦寻觅的身影和炽热的眼神。我感受到他的心是温暖的、敞亮的，饱含太阳的味道！那一刻，我的内心像被春雨泡软的泥土，有一丝情愫的萌芽破土而出。如果他送我一块价格不菲的和田玉，我未必接受，未必如此珍爱。

都说诗人是感性动物，女人更是感性动物！两个感性动物相遇在一起，成了纯粹的感动！我们在"尚品茗家"的小包厢里，点了两杯金骏眉。当然，金骏眉不是故事重点。重点是，那晚月色真好！

服务员送来的茶没怎么喝，他又提议到附近的雁峰公园里走走。我们围着公园的月湖漫步。整个公园弥漫着雨后淡淡的槐花香。呵，迷人的月光，迷人的五月之夜。

微风吹动月光，让人感觉身处幻境。

走着走着，我们的手就牵在了一起。我现在都记不起到底是谁先主动伸出的手，那么自然。或许，牵手时我们都曾有过一丝的犹豫，但它很快消失了，因为彼此抓住的不是欲望，而是一份温暖、寄托和力量。

走了很长一段路，有些累了，于是我们在风雨桥边的凉亭小憩。我们相拥相吻，也水到渠成，就像旷野之上两个经历漫长流浪的干渴灵魂，必然有邂逅的那一刻，然后互相搀扶、依偎，再次结伴背井离乡。虽然有点苦累，但往昔的悲戚已然被喜悦替代。当然，我们都知道，我们的肉身还得在尘世行走，在光阴的缝隙里软磨硬泡，一天又一天。

后来他对我说："那是个不可思议、意义非凡，堪称里程碑式的时刻！"

4

以后的日子，只要我们没离开这个城市，每个周末都会抽出时间黏在一起，相拥着，在夜晚的某个皱褶里藏起自己，让灵魂和身体尽情缠绵、舒展。

我们最喜欢选晴朗的日子，在夜深人静时驱车到月湖漫步。月湖像一个硕大的乐池，月光或星光拨弄柳丝，轻风回环在心里，我们相互依偎，或站成两张竖琴，或躺下成两支洞箫，天、地、人，和谐共鸣，像一首灵魂的小夜曲，一段天籁。

"你躺在那里，像一条舒缓的河流。我在河里，奋力而又恣肆地向着幸福的彼岸划桨航行。河床水草萋萋，两岸风光无限……"他曾在一章散文诗里这样描述过我。其实，我更喜欢他写给我的一些诗，比如一首诗里这样的诗句："起风了 / 一棵树摇动另一棵树 / 我们的灵魂贴得更紧"。

我越来越沉浸在恋爱带来的愉悦之中，如春风拂面，少女时代有的红润和光泽重新回到了我的脸上，这让单位的同事，特别是年轻女同事们惊讶又嫉妒。但我秉持谨慎的态度，没向同事甚至父母公开我们的关系。

这样的欢愉没持续太久。大约半年之后，我慢慢发现他有颗"玻璃心"，玲珑易碎。而此时的我，已经陷进去了，无可救药地贪恋、怜惜着这不能磕、不能碰、不经事儿的主。

开始时，我并不知道他患有抑郁症，只是觉得他的行为比较怪异。比如有时不是周末，他突然打我电话说想见我，也不管我有没有教学任务，是不是正在上课。如果我不能随叫随到，满足他的要求，他脑子里就会产生诸多古怪念头，认为我要抛弃他，就想到死！

"你是不是不喜欢我了？"等见到我时，他急不可耐地问。

"有一点点。"我说的气话，也有一点真实的成分。对于他的神经质我有点受不了。我不想一味说假话，说假话挺累的。人活着已经很累了，尤其我和前夫闹离婚那些日子更累，现在与他相处久了，那种感觉又回来了。

"你不爱我了，我会去死的！"他紧紧握着我的手，"我说真的，不骗你！"

"别这样好不好？好不好！"我只好把他的头揽在我的胸口——往往在这时，他会跪下一条腿——我用一只手去梳理他乱蓬蓬的头发。接下来，我不得不服从他，为他宽衣解带，配合他走一遍程序。

"我身体里盘踞着一条闪电，造成了灵魂和肉体的紧张关系。只有将闪电彻底释放出来，才能让灵魂与肉体达成和解，合二为一。"每次欢愉之后，他都会说如此一番话。

"而你的身体温软香甜，就像一座幸福而美妙的花园。"他还说。

我不置可否，暴风骤雨横扫过后的身体和内心的庭院，有片刻的宁静和慵懒。我抚摸他的头发和脸叹道："可怜的孩子！"

每当这时，他会很享受地闭上双眼，继续喃喃道："伴随这道闪电，释放的还有积蓄在心底的晦气和郁闷……"

我怀疑他有强烈的恋母情结。

"自从有了小羽，日子不再难熬，像一杯黑咖啡里加入一块方糖，喝起来就不再那么苦了。"这是他在一则日记里写下的文字。相处半年之后，我也才知道他有写日记的习惯，且坚持了十几年。后来他将十几个日记本打包快递给我，在他自杀之前。我读到这些文字时，他已离开人间。这是后话。

5

"米汤浓了也会开坼。"我那一辈子没离开过老家乡下、活到98 岁才离世的奶奶，告诫后生晚辈的训条里有这么一条，充满生活的哲理和辩证。

我不是个随便的人，虽然一直用积极的态度介入生活，对待生活却很严肃。看多了、经历多了，尤其离过一次婚后，我对海枯石烂不再期待、不再抱有信心。我希望我和他相爱得久远些，却没想过要用一种外在形式彼此捆绑在一起，灵魂熨帖相爱足矣。即便将来不再在一起，也不要形同陌路，把曾经的美好变为可憎的面目。

为了不至于让太过炽烈的燃烧迅速耗尽我们热情，我在不让他察觉的情况下，有意进行适度的降温，用一些"合理"的理由，拉开相聚的间隔。但他真是个诗人，太敏感。我生怕伤害到他。

一次深夜，我正沉浸在一个梦里，梦到自己独步旷野之中，一只手正从一个叫"过去"的口袋里，往外掏出一些往事来。因太过专注，我不知不觉走进一片沼泽地，一不小心陷了进去，越陷越深，眼看要没顶，我急得大声呼救，却喊不出声音。这时，我看见一个长着翅膀的人飞在我头顶，以为他会救我。谁知他无动于衷，作壁上观，用一种揶揄的语气说："不能自拔了是吧？还没有触底呢。触到底了，要么甘心死在底部，要么反弹。"恰在这时，床头柜的手机响了，把我从梦里惊醒。是他打来的，我迅速摆脱噩梦带来的强烈不舒服感。他在电话那头泣不成声，我询问老半天，也不说个子丑寅卯，只是哭泣。我赶紧起床穿衣，找车钥匙，也不顾忌半夜三更一个单身女子外出是否安全，赶到了他单位的小区。平时，我们基本上各忙各的，周末聚在一起，大多时候在我房子里，偶尔也在他的公寓房。我有一把他的房门钥匙。

一打开房门，他打赤脚跑过来，将我紧紧抱住。我没说话，任他抱着，只用手摩挲他的头发。很快，他安静下来了。我问怎么回事。这才弄明白，原来他崇拜的诗人张枣在德国病逝了。我丝毫没有觉得他荒唐，相反，他的感性和柔善触动了我的内心，让我感动又心疼。我虽不是诗人，可到底是艺术生，也喜欢文学，我知道张枣那两句流行甚广的诗句："只要想起一生后悔的事，梅花便落满了南山。"在我看来，仅从诗歌艺术来看，它比海子的"面朝大海，春暖花开"高明得多了去了！

在接下来的彻夜长谈中,我知道了他崇拜张枣的原因,也终于知道了关于他的家庭,以及他死去多年的母亲的一些事。

这注定是个不眠之夜。我让他待在床上别动,自己用电水壶烧了开水,泡了一杯君山毛尖,来到他床边。我们喝着同一杯茶相拥而谈,度过了漫漫长夜。

我看到他床头柜上摆着一个药瓶,吓了一跳。他看出我的疑虑,告诉我是一种专门抗抑郁的进口药,每天吃一片。他因一直隐瞒着自己患有严重抑郁症的事实而向我道歉,以前我们相聚时他吃药都避着我。他也委婉说明,之所以深爱着我却从来不提出结婚,是不敢。他说:"小羽,说实在的,人的一生总有太多遗憾与后悔的事,但我不愿意看到我最后的遗憾是我和你。"

…………

我沉默着。

我惊讶自己在听到这番解释和表白后,居然那么平静。肯定不是考虑他正处于悲情之中这个因素。从一场失败的婚姻走出来的我,对结婚已看得淡了。婚姻从来不会对爱情做任何承诺和保证。我更愿意接受的事实是,相爱的两个灵魂如何相濡以沫。

他母亲叫张梅,是张枣的中学校友、学姐,去世前是省轻工业局下面的一个研究所的工会主席。他告诉我,母亲是自杀的。

他从床头柜的裤兜里拿出钱包,打开,从夹层取出来一张照片,递给我并告诉我,这是他五岁时母亲带着他在照相馆照的。是他唯一保留的与母亲相关联的物件,系着阴阳两隔的母子。我曾取笑他老土,说什么年代了,还随身带着个钱包。他当时羞涩地笑笑,未加说明,仍然故我。这下我弄明白了,原来是为了能随身带着这张照片。

我郑重地接过来，端详这张极其珍贵的照片。照片上坐在椅子上的女子秀丽端庄，一袭紫色的旗袍，一头清爽的波浪长发闪耀着光泽，满面温情。整个人宁静，却又容光焕发，脸上洋溢着母性的光辉，眼眸里流露出只有和美家庭才会充盈的满足感。紧紧靠在她身边的小男孩短袖格子衬衣，背带西装短裤，小分头的黑发又浓又密，小脸蛋写满天真烂漫，一只小手被握在妈妈手里。

"是那个女人。是她，毁了我们家！"他眉头紧皱，目光空茫，一看就知道陷入一种痛苦的回忆之中。

我感到有点突兀，但很快明白了他说的"那个女人"是谁。没错，我记起我们第一次在"尚品茗家"见面时，他提到过他母亲去世后，父亲和"那个女人"在一起。

我拿起水杯，低头喝了口茶，等待他再次开口，同时思考着，如果他不开口，自己该不该说些话来打破沉默。我侧过头，又看他一眼。他神情痛楚，目光迷茫而孤独。

我搜索枯肠，找不到合适的话安慰他。那一刻，我想我的内心也是孤苦无助的。我们同病相怜。最后，我鬼使神差地做了件在当时最得体——我自己这样认为——现在看来多少有些愚蠢的事。我手指情不自禁地去触碰他的头发继而抚摸他的脸颊。这更像是一种暗示和鼓励。得到这种鼓励，他接着开口了。

"那时我父亲是一个很有前途的处长，手握重权。他能拒绝金钱的诱惑，却没躲过那个女人的糖衣炮弹。我妈是个太要面子的人，规劝不成，结果……"

　　他停顿了一下，接着说："我永远也不会忘记那天，天空飘着小雨，阴沉沉的。我被告知母亲去世了，我不知道自己是怎么从学校走回到大院的。妈妈是从大院里面那个大水池里被捞上来的。以后每当遇到阴沉天气，我就会想起那天的情形……我曾想过离开多雨的南方到北方工作，但舍不得外公外婆。"我将水杯递给他。他用手挡一下，停顿了两分钟。这两分钟显得太过漫长，我以为他不再想往下说了，他却又续上话题，好像鼓足了勇气要一次性地将往事和盘托出。

　　"对于妈妈的意外死亡，人们私下里传得纷纷扬扬，但我也只能接受公安局给出的自杀结论。很奇怪，我居然没有掉泪，我怀疑我的泪腺是不是在做梦时被阉割了。那一刻我只是想，妈妈太不够意思了，怎么可以比我先去世？这样她永远也不会在殡仪馆抚摸着水晶棺里即将送往焚尸炉火化的我的冰凉额头哭泣了。"

　　我感到一股寒意从心底涌出，惊诧地看着他，说不出话来。我赶紧喝了一口茶。不是口渴，只是想让茶的热气暖暖心。

　　"小羽，别用怪异的目光这么看着我。我没有从精神病医院逃出来，也没有长三只眼、两个鼻子或只一只耳朵。其实，自从父亲被那个女人缠住后，他就一直与妈妈闹离婚。妈妈整夜哭泣，痛苦不堪。那时候我就想到过死。我想如果我死了，或许他们就不离婚了，妈妈就不那么痛苦了。

　　"妈妈去世后，那个女人名正言顺地搬进了我家。我只要回到家里，满脑子就会出现幻觉，脑海出现父亲在母亲卧室的床上和那个女人颠鸾倒凤的场面，仿佛有无数愤怒的、像暴雨一样的鞭子在抽打我，让我心灵伤痕累累，不得安宁。所以我搬进了学校寄宿部，眼不见为净。那年我15岁，刚好初中毕业，考入市一中。即使寒暑假，我也不再踏进家门，只在外婆家待着，或去旅游。"

说到这里，他从床上起身，好像我不存在，好像他即将独自出发去旅游一般，走到窗前，一把拉开了窗帘。外面除了朦胧的路灯光外，基本是黑暗的。他自言自语道："唉，天空除了黑，什么也没有。上帝也无法从心底搜刮出一丁点类似于同情的东西来。那徘徊在梦之外的人，得不到上苍任何的垂怜，他究竟还在等待什么？"

这是一个难熬的夜晚！我也下了床，走到他身边，慢慢合上窗帘，挽着他的手，引导他回到床上，重新躺下。我小心翼翼试着问："看过心理医生吗？应该去看看。"他摇摇头，算是回答。我不清楚他摇头的确切意思，是没去看还是不打算去看。

好在黑夜终将过去，东方露白，晨晖像偷窥者的目光，不可抑止地透过窗帘的缝隙……

6

自从知道他患有严重抑郁症后，我更加小心翼翼地呵护我们之间这份感情，尽可能为他多做一些暖心事，鼓励他参与一些开心的活动，多让阳光照进他的心田，驱散他心底的阴霾。

我到花卉市场买了一盆菖蒲送给他。这东西很好养，只要一点点清水就可以，但必须每天都关心它，为它浇上几滴清水。我想用这样一些美好的事物分散他的注意力，希望他从抑郁中一点点走出来。

我向同事和朋友打听，还在网上搜索我们居住的城市市郊和周边城市一切风景好、有特点、好玩的地方，之后做好出游攻略，计划每一个天气好的周末都和他自驾出行，徜徉在山水之间，放松我们的心情。动机简单而纯粹。

我准备好一些食物，他也用心准备一些十分好笑的段子和笑话。有时真苦了我，必须在连续急转弯的道路上稳住方向，还得忍住不让自己笑疼肚子。

每当这时，他的脸上也会洋溢少有的幸福红润。坐在副驾驶的他会伸过左手，轻轻放在我右手上。这时的我内心完整而饱满。我喜欢他的手，那修长尖细的手指，总是干干净净的。

有时，我们双双躺在阳光下的青草地上，他总是蜷缩着身体，从后面轻轻拥着我，一只胳膊放在我脖子下，另一只手伸进我衣服的下摆。我贴着他，他湿热的呼吸吹在我的脖子上，痒丝丝的。我会产生一种奇怪的感觉，半梦半醒的蒙眬之际，他可以变成我希望的任何人。

然而，这样的美妙时刻终究是过于短暂了。

到了晚上，他还是失眠。只要失眠，他就开始烦躁，开始对我说一些不可理喻的话："你厌倦了自己和我在一起时努力装出来的开心样子，是不是？你对我这些又多又臭的分行文字，不再努力装作感兴趣的样子，是不是？"

每当这时，我会紧张不安，又不知说什么好，常常只能一言不发。

我们不得不分床而睡。独自躺在床上，望着天花板，就会有一股悲哀的情绪缠绕着我。不过，他一旦情绪稳定下来，就会向我道歉，或者陪我说话，往往这时的交流都能掏心掏肺、推心置腹。

"母亲去世后，随着年龄增长，有很长一段时间，我整天都在幻想着能够遭遇一场注定失败的爱情，一场多人受到牵连、多人最终受伤的轰轰烈烈的爱情。这是我活下去的最大心愿，如果这个心愿实现了，对我来说，才是人神共振的大事，我就能得到心理平衡，自己也得救了。我别无选择，这是我抗击苦闷的唯一方式。"

"唉，母亲的自杀，给我留下了再也无法愈合的严重创伤……"他说，"我自己都没意识到，我的心灵深处埋下了一颗罪恶的种子，一种强烈的破坏欲根深蒂固地破土发芽，长成了遮天蔽日的大树，替代了自己的灵魂。"他还说："我知道自己已经被魔鬼附身了。没办法，我摆脱不了！我必须完成一桩夙愿，那就是打碎一件极其珍贵的东西，才能得到自我拯救。"

"但我生性善良又软弱，就像当初，最终不忍伤及陈琴而选择放弃那样，我更不忍打碎我们的纯洁美好的爱情，最终的结局只能是打碎自己！"

这番交谈，是在浏阳大围山里，伴着月光和虫鸣进行的。这是自张枣去世时，半夜我赶到他公寓，他说起过曾有过想死的念头后，又一次提到了他的过去。

"人不是因其缺点，而是因其优点而被拖入更大的悲剧之中。"我想起了日本作家村上春树这句话。善良的本性，与生俱来的优点啊！正是本性与优点将他从不堪的命运中又一步步拖进严重的忧郁之中，最终陷入自我毁灭。

我感到我的心一阵一阵地疼！在我看来，他有时确实像一个谜，有些难解。可我宁愿他是一个难解的谜，好让我用一生来解。没想到他这么快就自揭谜底，谜面也随之而消解了！

7

为了表达诚意，他说愿意对我说出所有秘密，在我面前做个透明的玻璃人。在我之前，他的生活与情感世界里有一个叫陈琴的女子，他与她之间经历过一段复杂的感情纠葛。当然，他说的关于他和她的一切，有没有虚构成分，我无从验证，这一辈子也不会去验证。毕竟，都随风而去了。

我们也曾就爱情这个问题进行过开诚布公的探讨。

他说："纯洁的爱情就像草叶上的露珠，晶莹剔透，只有诗人幻想中的金线才能够将其串成一条项链挂在爱人的颈项。尘世的手指只要一碰，它就破碎。"

"唉，想想真没意思。在如今的世界上，有多少人对于爱情能忠贞不贰，能将爱情进行到底？不过，无论如何，我不希望相爱的两人最终走向陌路，更不要让以往所有的美好变得面目可憎！"我想到自己那不堪回首的短暂婚史。当我逃离之后，在相当长的时间里，我整个人比"寂寞牌"香水还寂寞。我曾将前夫出国时买给我的香奈儿5号，取名"寂寞牌"。大概两年时间里，我甚至不愿意照镜子，因为照镜子会让自己倍感孤独和恐惧，更怕这种孤独感在灵魂深处成为永恒。

他和盘托出了他与陈琴的故事。我像个旁观者那样认真听着，没一丁点醋意。

他们是高中同班同学，属于明显早恋。

他们在一起八年，也是一场"持久战"了。

"但我当时不知道自己到底想不想结婚，也许想过用婚姻的枷锁锁上她，以示对她、也对自己人生的报复。"他说。但他又很快摇摇头，做着自我否定。

"其实，她和我在一起，也从来没考虑过结婚。记得有一次，我们情浓意浓之际，我随口说出了想结婚的事。可话刚出口我就后悔了，感觉心脏在激烈跳动，胸腹间仿佛雷动澜生。谁知陈琴笑了起来，为了忍住，她只好咬住牵拉在胸前的衣领，可新的笑又涌现出来，她干脆放声大笑。我们完全不在一个频道上。好像就算世界在这一刻崩溃，这个女人也不会崩溃。

"有什么好笑的吗？有那么好笑吗！我恼怒地问她。陈琴也察觉到，实在没有什么可以引起自己发笑的，于是她止住笑，傻乎乎地看着我。

"我们俩也经常闹矛盾，一生气也提出过分手。可奇怪的是，两人渐行渐远的时候，总有某件事将我们拉回到原来的轨道。直到一次偶然，我发现陈琴是王美丽的外甥女！哦，王美丽就是那个女人。王美丽居然是陈琴的小姨。那次，她们手挽手出现在阿波罗商业广场的女性名牌服饰店。可想而知，我是多么惊愕！可是后来，我想我的这份惊愕未免有些愚蠢。陈琴可能早就知道了我是谁，知道了这层关系，接近我，或许是想弥补她小姨犯下的过错，抚慰我心灵的创伤。而我就像个傻瓜一样被蒙在鼓里。我从惊愕变成了愤怒，我想报复，想毁掉点什么，可最终还是因善良的天性而一事无成。我为自己的软弱彻底失望。

"时间是令人发指的，一切真实的东西最终都会变成虚假。知道她和那个女人的关系之后，我们不可能再在一起了。"

他总算讲述完了他和陈琴的故事，可我压抑得有些透不过气。我站起来，打开宾馆房间的窗户，盯着外面，做着深呼吸，以此平衡自己倾斜的内心。

呵，虚实掩映，明暗相生，这是世界的常态。谁能真正做到万事洞明？所以，我放任了脑子里偶尔出现的浑浊和混沌。

他察觉到了我内心的起伏，对着我的背影说话，又像自言自语："唉，生活的晦暗，就是无数个今天和昨天的不断重复堆积而成的！很长一段时间里，我的内心缺乏一种根本性的冲动，所以为了避免自己麻木不仁，我会偶尔模仿冲动。"

我突然记起小说家余华说过的一句话："人类无法忍受太多的真实。"但我更知道，美好生活的真谛，就是温柔地忽略那些事情的真相，使我们相信自己始终处在美好和希望之中，不必太较真。

为了缓和气氛，我回到床边，故作轻松地说："你不希望这样的情形发生吧。眼睁睁看见一个明媚的人儿在自己面前黯淡下来，这样多么遗憾而又残酷！你其实是为她感到难过，当然也为自己感到难过。"

他的脸上现出落寞和凄然的神色。

我知道我说中了。我看了他一眼，沉默了半分钟，然后幽幽地说："你这种人，只希望自己的女人永远是开放在枝头的明艳花朵，在明净的阳光和风里，不食人间烟火地、灿烂地笑着，一旦落入尘埃，就再难在心中重拾缤纷。"

"这有什么不好？"

"当然好！但你也要换位思考，替对方想想。"其实那时我心里想的是：他这人感性，没有心机——或许所有的诗人都感性——开心与否全挂在脸上，所作所为都容易预测。

我反过来安慰他："因为爱，所以忧伤。说明你是个真性情的男人。"这些话说出来如此水到渠成，以至于连我自己也没能在第一时间承认，这话从我口里说出是那么勉强。

"你啊，你啊。到底是个好老师。"他终于笑起来。

我用手指轻轻戳了一下他的额头。

他抓住我的手，顺势抱住我，一只手掀起我睡衣的下摆。

有时性欲就像一个精灵或魔鬼，并不那么堂而皇之地在人与石头之间捉迷藏，寻觅短暂的快乐。

8

暑假，市教育局要选派骨干教师到上海进行为期一个月的培训，我被学校安排进了名单。谁都知道，这是一举两得的好事，不光带有某种福利性质，晋升职称还能加分，所以都争着想去。可我纠结了很久，因为那这段时间，他失眠的症状加重了。

他说："你安心去吧，机会难得。我能照顾好自己。"

在上海，每天听完课，或到哪里参观后，我都要给他打电话。每天晚上睡觉前，为不影响也避开同室的同事，我就躲到招待所走廊的尽头，和他通长电话。半个月后，他接我电话就显得有些不耐烦了，有气无力地讲不了两句就说："没什么事，挂了。"

一个月时间显得如此漫长！好不容易熬到最后一周了。一天，我突然收到一条他的信息："寄了个快递，烦劳你处理。感谢上苍，此生有你，无憾！"

我打他电话，关机了。一种不祥的感觉笼罩全身，大热的天，我感到周身寒彻透骨。我不断发信息给他，再无回应。我慌了神，孤苦无助。我和他之间，没有任何交互的朋友！我向带队的领导请假，要求提前返回。领导不同意，说不参加结业考试拿不到结业证书，而且，所有培训的费用要自己承担。我管不了那么多！我匆忙收拾行李赶往高铁站，一路还试图打通他的电话。

我赶到学校传达室，全身颤抖不已，从黄爹手里接过快递来的大包裹，迫不及待拆开。里面有十几个新旧不一的笔记本、一个小箱子和一封信。我读着信，眼泪再也忍不住，泪飞如雨，泣不成声。

这是他写给我的遗书！

"……你不知道，自你离开我去上海这一个月，失眠更像一个魔鬼牢牢控制住了我。我已经连续一个月彻夜难眠！你一走，我就请假在家，没有上班。我现在想去见我母亲了。好几次大白天的，只要强迫自己闭眼就能看见她。她太孤独、太痛苦了，我要去陪她！小羽，你应该为我高兴！我终于战胜自己！战胜了一直控制着我心灵的魔鬼！我要用自我毁灭与魔鬼同归于尽！自我毁灭让我战胜了我自己！唉，我就是需要一个甜甜的安稳的觉……"

他遗书里告诉了我他父亲的名字、电话、家庭住址。我仿佛抓住一根救命的稻草，赶紧按照号码打过去。电话那头一个沙哑的声音说："回来了？辛苦啦。你，你别太难过……他受失眠的困扰太久，太痛苦了，他只想好好睡一觉……"

我感到天旋地转，眼前一黑，便瘫倒在传达室地板上。吓得黄爹赶紧扶我躺在长木沙发上，狠狠地掐我人中，我才缓过来……

我抱着他的遗物回到家里，把门关上、把手机也关上，酣畅淋漓地又大哭了一场！他一直想坚持到我回来，但他最终没有坚持到我回来。我恨自己，当失眠和死亡四面合围扑向他时，我却像电影《南征北战》里那个自身难保、见死不救的张将军！

恨完自己，我又恨他！他对生活充满热情，为何要熄灭诗的火焰？他说过那么深爱我，为何又选择舍我而去？只是，恨己恨人，都于事无补。所有的追问，只指向同一个结局。此时此刻，我真不知该敬畏生命，还是认同他弃绝生命的勇气和狠心！

那个上了锁的精致的小箱子，连同钥匙也被寄来了。他在信里嘱咐我将这个小箱子转交给他父亲，附带着他父亲的名字和联络方式。我感到很奇怪，他为什么不直接用快递寄给他父亲，而要假借我手？箱子里到底装了些什么？这都是一个谜。钥匙寄来了，说明我完全可以打开箱子看。但我还是抑制住了自己的好奇心，始终没去碰锁。既然遗物是给他父亲的，我不会打开去看。

在殡仪馆，我见到了他父亲。他见到我，便连续说了几个谢谢，看来他是比较清楚地知道我的存在的。我告诉了他小箱子的事。他也说他知道。看来他自杀前用某种方式通知了父亲，因在那种场合不便多交谈，我们约定，等他"头七"过后，我另行将箱子交给他的父亲。

约好时间，我们在维也纳酒店大堂的咖啡吧见面。我敬重他是长辈，提前了十五分钟到达等他，那个小箱子就放在我脚边。他很守时，约定了七点半见，七点二十九分，他从宾馆的旋转门出现了。

这次，我可以略为认真地观察他。从身材和眉眼能够看得出来，他年轻时候，是一个峻拔、挺阔、英武的人，加之手握重权，怎么可能没有女人巴望他渴慕他，去向他投怀送抱？死去的儿子和他很形似，他却比儿子更具男人气概。虽然深重的岁月在他脸上留下了刻痕，但他眼睛里因多了份踏遍青山阅尽红颜的淡漠和空茫，反而显得更加幽深诱人。

但我在心里鄙夷他！说到底，妻子的自杀、儿子的自杀，他都脱不了干系。他一辈子都应该受到道德的谴责和鞭笞！

妻子的自杀，他虽然没受到处分，但实际上他的职务升迁受到了严重影响，本来仕途上还有不可预料的发展空间，但他再也没得到提升。

他坐下来，看见我面前的桌子上我点的一杯红茶，便叫服务生点了一杯咖啡。

"谢谢你。真的，要谢谢你！"能听出他语气里的一丝诚恳。

"我没用，没能挽留住他的生命。"我报以同样的真诚，没能留住他的生命，有一种挫败感藏在我内心深处某个不为人知的角落里。

"这一生他遇到你，是他的福气。可是……到底是他没有福气……希望……希望你能坚强些……"他似乎在斟酌词句。这稍稍安慰了我的挫败感，同时又证实他看出了我内心的脆弱。

"唉……"我不知该说什么，低头喝了一口茶。我从脚边把小箱子捧起来，连同钥匙一并递给他。"其实，他直接寄给你更省事些。"

"你可能不知道箱子里有些什么东西吧？"

我点点头。

"有两张存折，一张写着你的名字，密码是你生日。一张是给我的，让我在他妈妈墓地旁再买一块。这是他的全部积蓄。你可能还不知道，他有一套商品房，一直没有装修。你去上海培训时，他处理掉了。"

"我不会要，我不会要！"我连连摇头。

"那我也得尊重他的遗愿。是自己留着，还是捐出去，都由你处理！"说着，他打开箱子，拿出存折，打开其中一个，轻轻放在我面前。

我不敢看桌上的存折，好像那里住着一个人熟睡着的灵魂，我害怕惊醒他。

"是他自己造孽。你别太难过。生者对死者最大的告慰，就是健康快乐地活着，过好每一天。"我惊讶于他语气一变，如此平淡，没有起伏，完全像一个局外人。

"嗯，过好每一天。"我重复他的最后半句话，随即住口，认同又不置可否。但我心里的想法是，话虽在理，却并没说得这么轻巧。一个成为你生活和灵魂的一部分的人突然离去，就像在医院做了一次大手术，拿掉了你身体里一个重要组成部件，你还能称得上健康吗？还能简简单单开心吗？伤口完全愈合也需待时日吧。

他的眼睛眯成一条线，张大嘴巴，像是要打喷嚏却打不出来。最后他打了个长长的哈欠，然后叫来服务生，递过去两张百元钞票，又挽起衬衫袖口，抬起手腕，看了一眼腕上的瑞士名表。"对不起，我得走了。"

他就这样起身，平静地走了。看起来，今天不是什么儿子去世的"头七"，不过是一个普通日子罢了。

我还坐在那儿，发着呆。我想，自杀之前他既然明确把这笔钱留给我，肯定是不想给他父亲，尤其是"那个女人"了。我感到安慰的是，他把我当成生前的唯一亲人了！当然，这笔钱我不会花，也不需要花。最终我会妥善安排好的。

我起身，从宾馆大厅出来。抬头，看见天上挂着一轮明亮的圆月。很久没看到这样的满月了，今天不是农历十五便是十六。我想。

突然，我想起他曾经就圆月说过的一番话来："古人对于圆月的赞颂，是因为它象征团圆和圆满；而在红尘翻滚中忙忙碌碌的现代人对于满月的期待，是在于它的真诚。圆月在我们的仰望中那么透明，而月牙儿我们只能看到它部分的敞亮，更多的是晦暗的存在，就像一个人，我们看到他脸上的微笑，却看不到内心的幽暗。"

看来，这段话是对他表面行径怪异，其实包裹一颗光明磊落的心的最好诠释。

而这颗光明磊落的心，最终又被他自己用自杀这种极端方式，强迫着与自己的影子完全弥合在了一起，融入永恒的黑暗之中。而他的猝然而去，也让他终于逃离生的不安和忧愁。

我打算开车到月湖去，独自走走。

9

"如今看来，一切都是过程。无所谓起点，也无所谓终点。一切发生的都已经发生，一切发生过的，终将归于寂灭……"岁月在拐角处一转身，秋天很快来到人间，我最终忍不住再次翻阅他留下的日记——读他失眠时，用灵魂的文火慢慢熬制出来的毒药：

> 小羽，别怀疑我的真心，我是从灵魂深处深爱着你的。但我不能和你结婚，更不能让你怀上我们的孩子，这一切都是上苍安排好的，我们注定只能是彼此生命中的过客，最终劳燕分飞……我唯一祈望的，是当我离开你之后，你能迅速把我从你的记忆里彻底抹去，从悲伤中走出来，继续自己的生活！

死别，不过是早晚间的事，只是我无法预知，没有料到它来得这么快，更难以接受事后的这份惊愕。

以前，我是个很会照顾自己的人，活得还算活色生香的。可自从有了他，而后他又离开，把我独自留在这个没有他的世界里之后，日子过得全无章法了，好像生活的金科玉律被打破了。以前再怎么忙，也有休息时间去美容、修指甲，或去做足底按摩，去商场购物。虽然，这样的日子略显无聊，今天和前一天没什么大不同，和大前天也是一样。现在，我却完全刻板地过着没有自我的每一天，只想没完没了地工作，偶尔被同事拖去商场，也只会买一件永远也不会穿在身上的裙子。唉，情不伤人人自伤！

金秋本该是辉煌与繁茂的，大自然的色质应为神人共同欣享。然而，今年的秋天却如此凋敝萧瑟。夕阳如血，它疲惫的头颅即将泯灭于西山，天空堆积着一些没有灵魂、漫无目标的云朵。我独自来到湘江边，望着北去的流水，心里晃晃悠悠，空空荡荡。今天是他生日，10月24日，可他已不在了。天堂不再有生死，因此也没有生日一说吧。

"就当他去了非洲吧。"我想。记得他说过，他有个在西藏服役的中学同学，是个军官，那人主动要求按士兵复员，一次性拿到了几十万退役金。可这位同学拿到这笔钱后，投资做生意亏了，血本无归，他最后同一个劳务输出公司签合同，去非洲打工去了。临走前，他们见了一面。他后来对我说："也许我应该和我同学一道去非洲。只有远离这个熟悉得让人无法逃离令人生厌的城市，才能脱胎换骨，摆脱抑郁症的困扰，重新做人。""你去非洲能干什么？做苦力吗？"我揶揄他。他摇摇头又低下头，一副沮丧的样子。

现在，我宁愿他是个赌光老本，和同学一道去非洲的打工仔。即使我们此生不再见面也罢。

一阵秋风吹来，卷起几片泛着旧时光的落叶，掉进被暮光洒满的江面，很快被流水带走。如果人的记忆也像这江中的落叶一般瞬间被带走，多好!

"风过无痕，拿什么证明曾经从这里经过?"我想起他的诗句。

地平线以下全是黑暗，黑暗的力量开始彰显，暮色正四面合围。

当秋风再一次在人们发间筑巢，除了我，还有人记得他吗?答案如此肯定，不会有的。尽管路上有匆匆来去熙熙攘攘的人群，但对于他们来说，一切的一切似乎都不曾发生。

2019 年 1 月 9—18 日初稿于长沙

2020 年 5 月 2 日修改于长沙

别让我爱上你

1

"千万别当真，你当真了，我会爱上你的。爱上你，后果会很严重！"她尽量做到轻描淡写，一边说话，一边起身，穿上红呢子外套，又将一条浅绿色围巾绕脖子上——真是红配绿看不足。然后，她把被围巾套住的长发撩出来，散开了优美的曲线，又把座位上那只大得有些夸张不知什么皮子的包包提到手里，转过身来，张开双臂，与他拥抱一下，算是告别。

一切，做得慢条斯理，优雅从容。

他试图吻她一下，前额或者发际。她巧妙地躲过去了。他不敢造次，但松开拥抱后，仍握着她的手。她不挣脱，让他握一下吧。

他微笑着说："谢谢你能来。"然后放手。她喜欢他的这种分寸感。

本来，他想约她共进晚餐。她说在加班做月报表，没答应。

他有些失望，不太甘心，过一会儿，又发信息，邀她加完班后一起喝喝茶，聊聊天。过了有一阵子，她回了一个字："好。"

时间和地点是他定的：衡山北路的"尚品茗家"，晚8点整。

又过一阵子，还是回一个字："好。"

他有些激动，心跳好像也有些加快。这是怎么啦？他问自己。

他瞟了一眼电视机上方墙上的挂钟，从沙发上起身，把电视机电源关了。多么难得的清闲，这样清闲下去，还会不会紧张得起来？他打十七岁考入军校，四年本科，毕业后进入应急机动师，便从基层排长干起，连长、作训股长、营长、团参谋长，只14年时间就干到了师副参谋长。一路走来，都是没日没夜苦干出来的，与他同时分配下来的大部分人还在营级岗位上。这次休假，真是太奢侈了。自确定转业以来，他一连追了好几个电视剧。前一个是《悬崖》，正在看的是《风筝》，快看完了。《悬崖》真实抓心，于娓娓道来中让灵魂得到一次洗礼。《风筝》前二十集看似惊险、跌宕起伏，其实做作，没多大意思，越到后面，才越能从平常中见出惊人之美！"风筝"和"影子"历尽生死挫折而百折不回，答案揭晓之时，居然让有22年军龄的他，内心如绵绵春雨浇灌的泥土一样，越来越松软。

恋爱，有时像追剧。他想。他又想：我在恋爱吗？想到这里，他不置可否地笑笑。

他换好衣服，拿起鞋柜上一把折叠伞，出门，打车，到了衡山北路，再看看表，是晚上7点。于是他在离"尚品茗家"不远的一家快餐店点了个煲仔饭。平时在家，他吃完饭会刷牙，这是在国防大学读联合战役研究生时养成的习惯。现在在外面，没法刷牙，他便走进一家小商店，买了一盒"绿箭"，一次剥两片在嘴里嚼着。他觉得自己变了，确定转业才几个月啊，这做派不像军人。

他先赶到"尚品茗家"，定好了一个带窗的包厢，在门口等着她。

前些日子温度一下拉高，二十多摄氏度了。几天时间，植物园、街心公园和城西郊的鼎山里的樱花、梨花、桃花竟相怒放。恰逢一个周末，不加班的上班族放弃睡到自然醒，纷纷像晨鸟出窝一样，三五结伴，或一家一家的，欢欣雀跃地到公园和郊外踏青。可又突来一场倒春寒，两天里，温度断崖式骤降。那些已经把短裙都翻出来了的年轻女孩们不得不重新穿上了各式各样的毛衣。当然，还没有冷到缩手缩脚。茶楼的楼道开着暖气，他们一起进来时，每扇窗户都留一线缝隙。

要了两杯金骏眉，是等她来后点的。他问喝什么，她说随便。又问，来两杯红茶？她点点头。她不知道他平时晚上不喝茶，除非加班写材料熬夜。红茶相对柔和些。部队二十几年他没上过茶馆，泡茶馆这事在他的生活之外。他不知道她晚上也不喝茶，硬要喝也只喝红茶、菊花或者普洱。她之所以说随便，是不想让他觉得自己还在两人之间占据着主导位置。不过点红茶，无疑更符合她的心意。他们隔茶几对坐着，茶几上除茶杯外，还有瓜子、花生、水果和点心，服务员给配的。

窗外，是这座茶楼的后花园，那些高大乔木或低矮灌木——香樟、石榴、竹子、女贞、芭蕉、红桎木等的新鲜叶子"痛饮"了几天太阳，此刻又被连绵的雨水一遍遍洗着，散发着特别的淡淡香味，内部的绿色汁液仿佛就要撑破薄薄表皮。是的，这样淡而悠长的香味，才是春天应有的正宗味道，能诱发人类灵魂深处的某种东西。这种东西无法形容，如朦胧诗的隐喻。如果硬要说出来，它像恋爱的味道。尽管有些俗，却最恰贴。茶楼柔和的灯光泄漏出窗外，照着这些植物。它们才更像恋爱中的男女，影子搂着影子，或骄傲或羞涩。

他们信马由缰地随便谈些话题，中间夹杂着沉默。当然，这种沉默并不难堪，反而充满意味。不说话时啜一口茶水，吃点东西，也可相视一笑。这笑里蕴藏着美妙的含混性。

有那么一会儿，他走神了，想着这样的雨夜，鸟儿在哪藏身呢？会不会有一只鸟儿在窗外某棵树上偷觑他们，然后振翅一飞，掠过他们的窗口，融入无边的夜色？

如同灯光能从窗户泄漏出去，那香味也从窗户的缝隙渗透进来，和金骏眉茶香、各式茶点的味道和她身上散发的香味混合在一起。这样的混合香味的确有催化作用，在它的催化下，人是很容易产生一些别的想法的。何况孤男寡女同处一室？

但，他或她，都自觉保持在礼貌的范围之内，无须考验自己的定力。

他对女人香水一窍不通，但他明白，以前见面，她虽不素面朝天，不过至少很随意。可这次不一样，她还是淡妆，但明显经过一番认真的准备。她用了一点点香水，似有若无，如藏禅机，就像她从来羞于以太过浓烈的方式与人交往。其实，他闻不得女人身上太过浓烈的香水味，如果不小心遇到这样的女子，无论对方多漂亮，他都会退避三舍，敬而远之。

他把这样的女人比作穿山甲，穿山甲身上就带着一种浓浓的香味。它捕食的过程很有意思，把身上鳞甲打开，趴着一动不动，闻香而来的蚂蚁会不要命地钻进鳞甲去。等差不多了，穿山甲把鳞甲一收，跳进水里，蚂蚁们便会浮在水面，成为它盘中的美味佳肴。

今晚，她的这种认真无疑传递给了他一个信息：她很重视这次约会。这，给了他某种暗示和鼓励。

他和她，都记得很清楚，这是他们第四次见面。从第一次到现在，半年过去了。如果是少男少女恋爱，这么久了早就突破防线，如胶似漆了，甚至如胶似漆后又断然分手了！

2

自己这一生都奉献给军营了。他一直这么想。尤其当他作为作战部队优秀年轻师团军官被选送进部队最高学府——国防大学深造之后，他以一种"历史绕不开我们这代人"的豪情，踌躇满志地回到了部队。可就在首长和同志们都一致看好他时，出了岔子。他从国防大学刚回部队，恰逢集团军在组织一次师与师的实兵实弹对抗演习，他们师充当蓝军。他主动向师首长请缨参加演习，被临时安排进了演习指挥部。演习中，一枚迫击炮弹击中目标时没有爆炸，却在排除哑炮时意外炸响，导致一名排长和一名士官牺牲。根据规定，亡故2至6人为严重事故。作为演习科目负责人，他受到记过处分，年底还被安排转业。他没有抱怨，但牺牲两名战友，还要离开部队，确实让他非常难过。

　　他的父母去世得早，是在他担任团作训股长时同一年相继去世的。父亲去世时，军区正组织科技大练兵比武，他被师里任命为代表队队长兼教练。他没能见上父亲最后一面，匆匆回老家处理完丧事，又一头扎进了训练之中。比武中，他们师代表队过关斩将，力拔头筹，获得了傲视群雄的佳绩。可就在这时，母亲又追随父亲去了。所以，填报转业安置去向时，他填上了驻军所在的 G 市。

　　在 G 市他有一套经济适用住房，可以安身了。后来他在 G 市结婚，也在 G 市离婚。那年，他 30 岁。三十而立，任团参谋长，又娶了美丽的新娘，没有人不羡慕或嫉妒他的。妻子是 G 市政府一位副秘书长的女儿，大学毕业刚一年，在市电视台工作，爱好文学，能歌善舞。新婚之初，两人百般恩爱。可作为作战部队团参谋长，过于繁重的训练和日常管理工作，让他无暇顾及她的感受，也抽不出更多时间陪她。她开始抱怨他不懂情趣。她哪里知道，上军校时，他可是校团委宣传部部长，在学校作文竞赛中获得过第五名，他写的散文诗歌屡屡发表在校报上。浪漫激情过后，总是能听到她对现实绵延不绝的抱怨，他也烦。后来，她从电视台调到了证券公司，担任一个营业点主任，收入高出他很多倍。她要求他转业，他坚决不同意。他常常怀疑，她还是那个对未来有诗意般的憧憬，又时时怀着古典忧伤的女子吗？到底是什么酝酿了她当初心中的浪漫，又是什么将那份浪漫还原成日常的蝇营狗苟？也许，这才是最真实的她。而这个真实的她，越来越难以接受他，也让他越来越难以接受她了。分手是必然的，婚姻三年，好在没有生孩子。

　　去年夏天一个下午，一个中学同学打电话找到了他。

这位同学高中毕业没考上大学，跟着叔叔来 G 市搞建筑，先做小包工头，后来越做越大，成立了自己的建安公司，如今身价过亿。得知他退伍时，这个同学曾鼓动他选择自主择业，帮助自己打理公司，做副总。他婉言谢绝了。

同学来电话是邀请他参加同乡聚会的。同学联系到了在 G 市工作或做生意的十来个老乡。以前，这位同学也邀过他，他很少参加，即便参加也是前半场，吃完饭便以部队有紧急事为由匆匆离开。他厌恶那种没有自由意志的公共聚会。这次，自己在等待安置，有的是空闲，不好再驳老同学面子。

彼此介绍时，同学放肆地夸他，说他当年如何当"学霸"，在部队又如何能干，进步之快，如何让别人望尘莫及，如果不是……

他很不习惯在这种场合被人夸，被夸得过了，反而当是玩笑，干脆调皮一下："接着夸，别停！"

就在这次聚会，他认识了她。她文静优雅，端庄得体。他一下就注意到了。

她来 G 市八年了，在那位同学的建安公司做财务总监。她之所以来这家公司，是因为自己曾经做过当一名建筑师的梦。

饭后，众人转场到 KTV 唱歌，别人嗨得正起劲，她却不声不响地溜出来了，在 KTV 后面的坪地散步。他也不喜欢这场面，如果不是转业，他根本不会到这种地方来，部队有明文规定。他溜了出来，碰到了她，向她打声招呼。然后他们在一起走了走，简单聊聊各自情况。

原来，她和他是同一所中学的。他高她两届。她说她知道他，当年他以高出重本线七八十分的成绩考入军中清华——国防科技大学，他的照片和其他几位考入名牌大学的同学一道被张贴在学校宣传栏里。

聊了点各自基本情况后，两人没再深入。

他问她："既然没兴趣 K 歌，怎么不早点离开？"

她说："除了是老乡，我还是财务总监，最后得买单啊。"

他们互留了联络方式。他陪着她继续漫步，好在有晚风吹着，不是太热。

为了打破无语的尴尬，他说："给你讲个冷笑话吧。"

"一个邻居王教授，年轻时被下放做知青，和同在一个知青点的一位上海姑娘好上了。后来知青返城，上海姑娘回到了上海，王教授也考上大学，做了教授。他们很长一段时间没有联系。后来教授结婚了。再后来，王教授与一个女学生闹出了一点小绯闻，从此被王师母严加管束。而王教授是浪漫的，也是具有反抗精神的。他找机会到上海出差，没事先通知她，完全是想给她一个惊喜。他特意买了九十九朵玫瑰和一盒名贵巧克力，敲开了老情人家的门。情人一见是他，很是惊愕失措。他起初还以为她家里有别人，不方便见他，顿时心生悲凉。但她把他让进了房里，他又激动了。她让他坐在客厅沙发上，倒了杯茶。然后，便目不转睛地盯着电视正在播放的韩剧《大长今》。过了一会儿，仿佛才意识到他的存在，说：'老王，你喝茶。我得看完这集电视剧。'十年未相见啊，原以为这必定是个激情澎湃、彻夜无眠的缠绵良宵，突然便变得索然无味。交流的渴望如一盏灯，被迎面而来的一阵冷风吹灭，并一沉到底。"

讲完后，他满以为她会有点回应。谁知，她半天没说话。气氛一时更加尴尬。

过了好一阵子，她才开口，语气冷冷的。"王教授如果是教古典文学的，就不会太失望。古人不是有雪夜泛舟访友，乘兴而来兴尽而归吗？"

后来各回各家。他还是礼貌地和她通了短信，问是否安全到家，之后慢慢扯了些别的。聊得不是太多，最后谈到孤独。

"觉得你不太喜欢热闹场面，孤独吗？"他问。

"我习惯了孤独，也很享受这份孤独。"她回答。

"如果让我做你孤独的守护神，像一名正直的军人保卫和平那样……"他在心里说了这句话，并没形诸文字。短信这种东西真好，避免了面对面或打电话交流时的急迫和尴尬。

"拥有孤独的人是温暖而充实的。"他发出的是这句话。

她回复了一条较长的信息："孤独是一种带有微热的暗物质，能够悄悄将人悲凉的心稳住。一旦失去孤独，一个人便会立即被空虚包围起来，便会在喧嚣中眩晕，会不自觉地伸出手想要抓住什么。"

最后，两人互道晚安。

当一只以温柔赠予姿态的手出现了，我还会冷静思考和辨别吗？入睡之前，她陷入深深沉思。

3

他不知道，自己关于王教授的冷笑话提到了的浪漫、约会情人，其实触到了她内心的隐痛。虽然，事情已经过去了八年。

她的前夫长得英俊，一米七八的个头，是母亲班里的学生，学习成绩不很拔尖，但很勤奋。中学毕业时，他考入了省城公安专科学校，毕业后被分配到市政府法制办，当了一名公务员。她比前夫小三岁，却在前夫考到省城后第二年后考入了省城一所重点大学。立志当一名建筑师的她本来填报的是土木建筑专业，却被录取到了财会专业。前夫的学校和她的学校正好坐落在一座山的前后。每到周末，他不是赶过去到她学校，就是邀她去他学校，寒假暑假两人都是一道走，他总是那么细心照顾她，为她做这做那。尤其前夫参加工作后，工资也舍得为她花。前夫爱好诗歌，曾用一个粉红的笔记本把整本勃朗宁夫人的《葡萄牙人的十四行诗》工工整整抄好了送给她。这让她很感动。

他们恋爱了。

他们结婚了，当时她毕业才半年，刚满20岁。那时，她觉得自己是这个世界上最幸福的女人。

可世事往往如此，上帝给了你多少甜蜜，就会给你多少痛苦。

前夫居然在她生了女儿坐月子时出轨了，是和《楚荷》的女主编田静芳。

《楚荷》组织青年诗人笔会，前夫应邀参加。田静芳一见到他，眼睛就放出了绿光。这个四十出头的女人在省城文学圈是出了名的，据说她想得到的男人，还没有人能够抗拒她。

他们的风流韵事很快就有眼睛有鼻子地传开了。说某天田静芳的丈夫要出差，一出家门便打电话叫前夫赶到她家。可她丈夫因单位临时有紧急事，改签了航班，他回到家，用钥匙开门时，吓得前夫赶紧钻到了床底。田静芳十分沉着，当丈夫问她怎么没上班，她回答不舒服在家休息，并要丈夫别影响她休息，把他赶出去了。回过头来，田静芳轻蔑地骂从床底爬出来还瑟瑟发抖的胆小鬼。他受的惊吓确实不小，那活儿再也行不起来了，气得田静芳一脚把他也赶出了家门。

她把已经签好自己名字的离婚协议书，往前夫面前一递，脸上保持着一贯的温和、隐忍，不哭不闹。除了她自己，没人知道她是多么忧伤。

"因为爱，所以忧伤。"好像在哪本杂志读到过这句话。而这句话又被另一句话验证着。爱默生说："我们长期以来的想法和感受，某一天将会被某个陌生人一语道破。"

她从来不精明，但绝不愚蠢。从小到大，无论在家里、在学校、在工作单位，很多事情她都不计较。但在原则问题上——当然是她自己的原则，也许在别人看来根本就不是原则——出奇地认真，只要认定的她绝不让步。

离婚的事，她最初没告诉母亲。她父亲走得早，唯一的哥哥早些年结了婚，和母亲居住在同一个城市，母子二人都在一个半死不活的化工厂工作，工资不高，生活拮据，捉襟见肘。特别是家里生了一个儿子后，开销更大。哥哥一家每个周末都去看望母亲，陪陪母亲，顺带着在母亲家混吃混喝两天，临走还带这捎那的，母亲的工资基本上补贴在他一家身上了。可田静芳从没计较，反而感激他们能常陪陪母亲。母亲退休后，只要不是周末，都在家画水彩画，画水草虫鱼，好像水彩画成了她的信仰，她要在这种信仰里找到自己晚年的支撑点。

闺蜜劝她，别离了。离婚亏的是女人，如今就这么个世道，灯红酒绿，几个男人经受得住诱惑？再说，离了婚的女人以后日子会很艰难，还会招来别人这样那样的闲话。

她不听，既然决定这么做了，就不会在乎别人怎么看她。

等女儿长到一岁，她才对母亲说离婚的事，并把女儿放在哥哥家里寄养，按月付抚养费。然后她只身来到了 G 市。

KTV 那夜之后，一下子就过了两个月。他和她除了那晚互相发了些信息，再没联系过，好像自己的生活里从来没有出现过对方。他还在等待安置，空闲时间里看看书，并重新开始写诗，还追电视剧。

一个秋高气爽的周末，他突然接到了她的电话，约他到 G 城西郊鼎山登高。他欣然应允，如约前往。

那天，秋风轻轻吹送。天空，有着单纯的蓝，问心无愧的蓝。

这种蓝，艺术界称之为"克莱因蓝"，是纪念法国艺术家伊夫·克莱因而命名的。当众人都迷失在五颜六色的花花世界里时，克莱因发现，原来最单纯的色彩才能唤醒心灵深处最强烈的感受力。这样的蓝，还是一种信仰，会让桂花们为之献身。鼎山的每棵桂花树下，散落好些细细的花儿。那些本来位于高处受人们仰视的金桂银桂，用一生偿还了土地。空气中弥漫着缕缕芳魂，让人除了感动，还是感动。

也许是天气好的缘故，这一次，他和她的谈性都很浓厚。

她感觉他今天的声音里浸透着阳光、轻快、友善。嗯，好像还有点什么。是什么呢？她想了想，对，是一种似有若无的期盼。这样的声音是能够让身边人心醉神迷的。但她在克制自己，有意回避着什么。

那天兴致确实不错，他们在一起吃了晚饭，意犹未尽，他提议一起去看场电影，她有些犹豫，他便改了主意，说要夜游东湖。于是，二人打车到了东湖。

世界无比安静。白天躺着的这面湖，在朦胧的月光里像是要飞起来了。湖畔那排垂柳都是长发过肩的古典美女，她们的轻轻耳语，如质地上好的丝绸，细腻温润，似可抚摸，却不真切，更增加了一份神秘的静谧。

他和她走着，非常默契地都不说话，怕破坏了这份静谧。

听得见彼此的呼吸。吹起若兰，他在心里想到了这个词语。

"唉！"

围湖走了大半时，才听到她一声叹息。

叹息如一缕清风消失在淡淡月光之中，甚至不敢肯定这风是否真的存在过。

露从今夜白。他却不知道她忧伤从何而生。

他关切地问："怎么啦？"

沉默已被打破。

"我，我……"她感到自己的思绪像一只雏鸟，在夜空中茫然飞翔了一气，又落在地上。一时找不到合适的话语解释。

他别过脸去，忽略了她的窘态。

回家后，他在手机上写了一首短诗，发给了她。她没回复。

　　《桂花》
　　我说

不知道桂花香气的秘密

你说自己知道

我相信你的话。我还知道，除了月亮

每个女人身体里都长着一棵桂花树

年年岁岁，用母性的柔情

收集开落的花瓣，酿成秋风浓烈的美酒

这酒，能醉倒一大片迷路的晚霞

和那个匆匆赶路回家的人

4

离婚八年，来 G 市七年，她没再关注情感问题，一是女儿尚年幼，不想太早给她找个后爸；更主要是，受到过一次情感的深深伤害后，她害怕再次陷入情感旋涡，怕再次受伤害。她关闭了自己感情的闸门。

他离婚七年，在热心人介绍下，约见过两个女子。第一个，两人彼此不在同一个频道上，初次见面也是最后一次。第二个，倒是交往了三个月，最终也"拜拜"了。从此，对任何一个给他介绍对象的，他都是千恩万谢加婉言谢绝。随遇而安吧！

第一个，是师政治部主任充当的介绍人。她是主任一个老战友的女儿，现任 G 市某个区政府办主任，副处级干部。在以经济建设为中心的大环境下，相对来说，人家比他这个团参谋长还牛。她未婚，只比他小一岁。按说女孩各方面条件都不错，大概是性格原因，以至于蹉跎到与他相亲。

两人一见面，气场就不对付。只是出于礼貌，他没有立即走人。

姑娘大大咧咧问："有什么爱好？"

他回答没有。

"会跳舞吗？"

"不会。"

"会唱歌吗？"

"五音不全。"

"平时打麻将吗？"

"从不打麻将。"

对于一个如此没有情趣还没有培养前途的人，除了恨铁不成钢的失望外，还有什么？最后，她丢下一句："看来，我只能保持肃然起敬的距离来接近您了。"

第二次相亲也是无疾而终。团政委的夫人是 G 市一中教导主任，给他介绍了一个学校新调来的单身女老师认识。他对教师这一职业颇为认同，加之初次见面，她留给他的印象不错，于是他决定与她交往下去。

虽然忙，没有太多时间谈恋爱，但对待这份感情他很投入。可随着交往日久，他总觉得有什么不对劲。比如说，他和她在一起时，她手机总是静音。一次，他和她游公园，一时走散了，打她电话，电话通了，却无人应答。等见面了，他问女孩怎么不接电话？她说静音了，并解释说是给学生上课时静音的。他没多想，可这种状况之后又出现过几次。作为参谋长，他天生敏感，再在一起时，他悄悄给她打电话，电话就在身边，却没听到铃声。过一阵子她掏手机看，问他为什么给她打电话。他否认，说可能碰到某个键了。

再比如，她生日时，他给她买了个最新款的手机作为礼物，并以自己名字注册了号码，为了方便帮她缴费。他曾开玩笑说："这个号在我名下，我随时可以到电信局调阅通话清单，如果你有别的交往过密的人，我会知道的。"自说过这话后，她又重新用上了旧手机。一个年轻女子，有了新手机，怎么还用旧的呢？还有就是，几乎每一周，有那么一两个下午，她没有课，他却几个小时联系不上她，问就说手机忘带了。有两次，他打她学校办公室座机，同事说她请假办事去了。可外出办事为什么要关手机？

他找她开诚布公地谈了一次话。她承认自己与学校附近一个开电脑配件店的老板也在交往。他是军人，军人有两个与生俱来的特质，忠诚和勇敢。而且忠诚永远是第一位的，忠诚组织、忠诚事业，也必须忠诚爱情。对待情感心无旁骛、忠贞不贰是最起码的要求。因此他说："爱情是严肃的，彼此只能是唯一，而不是之一。"说完也没多责备她，好聚好散吧。

她想挽回，但看他坚毅的表情，知道毫无挽留的余地了。

她说："把手机还你吧。"

他说："留着吧，做个纪念。"

分手后，他苦笑一声。

5

日子像被狗撵着在跑。三个月一下过去，进入冬季岁末，下雪了。

他知道自己可能爱上这个话语不多，眉宇间总有一抹淡淡愁怨的老乡师妹了。这个丁香般的女子，他认定这是个难得的好女人。但她这种不冷不热、不即不离的态度，确实让自己无从把握，也不太好受。他想过打退堂鼓，可只一闪念，这念头便被扼杀在了摇篮里，攻坚克难的意志反而增强了。虽然自己已退出现役，等待安置，但只要当过兵，一生都是军人，血管里流淌的就是军人的热血，这样奔涌的热血是不允许面对困难临阵脱逃的！

战略相持阶段，总攻该打响时必定会打响。他想。

他觉得一定在某个问题上出了差错。但问题到底出在哪？他不知道。

那天，看完连续剧《悬崖》，他的情感完全被剧情裹挟进去了。他想：得走出来。于是自然而然地想到她。两人虽然不时有些信息来回，却三个月没见面了。他是男子汉，应该主动些。他发出了这条信息。"你在干什么呢？不要因为不小心的过失，而让我们心生嫌隙。我在想你，疼痛而温暖。"

看来这条信息感动了天地，感动了她。她很快回复："听说东湖蜡梅怒放，相约踏雪寻梅？"

他查看一下日历，今天是星期天。看自己这日子过的，都不知今夕何夕了！

东湖是个好地方。上次约会，他们登了鼎山，晚饭后又去了东湖。他很开心，记忆犹新。

连续下了两天雪，世界统一变成了一种素洁的颜色。因为下雪，不好打车，她比约定的时间晚了一刻钟。他耐心在公园东门入口处等着。

他们围绕着东湖走，用手机将雪景和梅花拍下来。他建议她站在梅树下，他给她照相。在一棵梅树下照相时，他看见了一枝被折断却仍然被青皮连着的梅花，都是些花蕾，于是他把它干脆摘了下来。她问他："这是为何？"

"不摘下来，会很快枯萎的。我要将它插入一个瓶子里，养起来。让它彻底开放，完成作为花的一生。"

很明显，她很开心，话也比平时多得多。被寒风吹着，她白皙的脸蛋红得很好看，特别是眼睛，比前几次他见到时更加清澈明亮，不知是雪光映照的，还是本身燃起了灵魂的火焰。

"遇到你这么好的女人，我不爱，那简直就是犯罪！"这应该是某个电视剧的台词，此刻被他借来作为真情告白，却没有丝毫戏谑成分。他双眼盯着她，一眨不眨，特别严肃认真。可越是这样严肃认真，越透出几分孩子气来。

如果他不是这样严肃认真以及有些孩子气的，她差点认为这是一个油腔滑调、巧舌如簧之徒造出的陈旧且浮夸的修辞。

是这份认真的孩子气，打动了她。她想和他交往下去，是恋人，还是异性好友，得看接下来发展。不过，她觉得从此以后他们之间的交往，莫名其妙地有了尊严。她暗暗想，这个世界每天都在上演各种剧目，其中应该有一种出人意料的剧情。

但她脸上表现出的是不置可否和一贯的平和，是露出八颗牙齿的标准微笑状。

"真的，我绝没开玩笑。我可对天发誓。"他的孩子气加重了一分。

"恐怕你不是这么真爱我吧？你是爱上自己爱人的感觉了吧？"

他的脸色一下子哀沉下来，有一丝忧伤袭上心头。

半晌，他带一点赌气的意味说："是吗？好像还真是。不过，我要爱人，为什么非得是你，而不是别的什么人？"

"好啦好啦，你是贾宝玉，你是个情种，好吗？"她的口气软下来了。

"你这话简直就是风吹蔷薇花，连讽带刺，还光面好看！"

分开后，回到家，他打开电脑写下了一章散文诗。他没发给她。因为交流中，她对他说过，她喜欢军人，但不喜欢诗人。她认为军人是可以托付终身的人，而写诗的人大都是生性风流、朝三暮四不靠谱的角色。

《无题》

落雪了。东湖的梅花开了。被冰包裹着的蓓蕾，向路人诠释着唐诗宋词的玉壶冰心。穿过尘世和半生，我想，这应是我能够找到的，最干净的灵魂。

突然，看见一枝被人为折断的梅花，仍被青皮连着，痛苦地耷拉身姿。我，心疼极了。不顾别人误会和指责，我干脆折下，握在手中，带回去，将它插在透明的瓶里，养之以清水，再加一点点冰糖……我还会找一把干净的刀子，划破手指，滴入一滴鲜血。待晴好日子，看她灿烂的笑容。也映出自己的灵魂。

踏着万丈冰雪和夜色，我独自走着。看不见前途的灯火，只听到流浪的风，喋喋不休，讲述自己的疼痛。

突然，夜空炸响一声冬雷。它到底想要对孤独的大地，对大地上的夜归人，表达些什么？

6

出了"尚品茗家"茶楼，他说："我送你回家吧。"她谢绝了他的请求。

他没坚持。

在路口，他为她拦下一辆出租车，打开后面车门，撑着雨伞扶她上车，预付给司机一张五十元的票子，并特意记下了车牌号。

预付车钱时，她说了声不用的，但也没坚持着拒绝。

"谢谢！"她说。心里感激着他的细心。

"安全到家后，发个信息给我。"说完他目送着出租车消失。

在离家还有一两千米的地方，她下车了。她想独自在夜幕下走走，理理思绪。

多少年了，夜幕下的大街小巷，总有一个游魂拖着长长的影子彳亍着。而这长长的影子，是她所有的悲观、不安、愿望或理想主义，记忆和情绪混合交织在一起的东西，一种把无形变成有形的东西。却没有人知道这个游魂的内心实际也带着一团火、一个执拗的愿望。

她原来一直认为，这个城市的万家灯火，没有一盏属于自己。

"亲爱的，原以为，我这个在黑暗中跋涉的人，当朝霞映在我脸上会不适应，会将它当成羞涩的疤痕。现在，我想大声对你说，一百遍一千遍地说，我要走出黑夜，也要你走出黑夜，一起拥抱明天新鲜的太阳——每一天的太阳！"

目送她走后，他并没急着再拦一辆出租车回家。略带寒意的晚风一吹，他感到思维比以往任何时候都更加活跃。站在一家店铺的窗下，他掏出手机，快速写下了这段文字。在他心里，这还有更深一层意思：如果非要在黎明前的黑暗中行走，那就一起行走。作为男人，他一定要为她亮起一盏灯。

但他最终没有发出这条信息，而是把打好的字一个一个删去了。

"照顾好那个内心的自我。"他又打出了一行字。他又删去了。都是模棱两可的话！

经过四次接触，他知道这个女人有些特别，不再认为俘获其芳心会像演习时抢占制高点那般容易、需要果决。

是啊，越是深沉的爱，越应是春雨，缓缓地、绵绵地、无声地渗透大地。

毕竟，春天来了。在等待安置这漫长的时间里涵养出来的耐心告诉他，就算这是一场持久战，也一定要打赢……

2018 年 3 月 20—25 日于长沙

我会假装相信你

0

首先申明，这是一个诗人的涂鸦，包含小说中的小说。

角色不自觉频繁转换，使得我自己也恍惚了，我是诗人，还是小说家？是现实中的讲述人，还是小说中的某个角色？所以，下面的文字并不遵循某种固定的叙事原则，这是没办法的事。

如果您不小心读出点什么意味和趣味，只要记住，这是虚构的。文中的"她"可能是她；而文中的"我"肯定不是我，是张三或者路人乙！

1

或许，我采取的无线电静默战术见效啦，迫使她不得不想念我，主动与我联系。或许，这是个美丽的错觉，但它已经带给了我幸福感。

当她发来微信，我即时就看到了。"在干吗呢？"还有一个龇牙的表情。手机就放在桌上，笔记本电脑边。

我故意不理，把手机丢回去，目光继续停留在电脑屏幕上，上面刚刚写了两行字，是我打算花半个月时间写完的一个短篇《我会假装相信你》。这是我听来的一个故事，故事中的"我"，也就是男主人公，是我的"死铁"江恒。很多人都说，我和江恒好得穿一条裤子，简直就是一个人。

我对这个开头还算满意。

> 我觉得自己像个送外卖的小伙，订购的货物已经交给了主人，不知道自己还有什么可以留下的，在她已经关闭得死死的防盗门前，留下告别，然后安静地离开。

年初我尝试写小说了。我深知开头对于一篇小说的重要性，它要能一下子抓紧读者的心，像马尔克斯的《百年孤独》。有篇访谈说，老马前前后后弄了三十七个开头都没满意，直到写出现在这个。这说明，写小说就像男女之间恋爱与交往，也要有个令人满意的开始。

我已写了二十年诗歌，在大大小小刊物发表了不下千首作品，获过一些奖，在诗坛略有点小名气。可没有人知道，我放弃驾轻就熟的诗歌创作改写小说，全拜她一句话的刺激。

相对于诗歌的天马行空，小说不仅是文字体量的剧增，更主要的是它包括对过去和正在到来的生活真相的反刍、体味、审视与提纯。这种思维方式迫使我冷静。

过两分钟，短信提示响了，还是她的。"忙吗？怎么不回我微信？"

我还是没回复。还有一种战术叫欲擒故纵。

大概过了五分钟，电话响了。说大概五分钟，是因为刚才我干脆起身进了趟厕所，撒了泡尿。

当然，还是她的。

我不接，直到铃声固执地响到不再响。我想，她还会打过来的。

果然，念头刚冒出，铃声又响起来了。我觉得自己胜利了，按下了接听键。

"怎么不接我电话？"

"没有啊，手机在卧室充电。有事吗？"

"约你喝茶。'尚品茗家'。五点半，不见不散！"语气不容商量，好像害怕我拒绝似的，不等回应，电话挂了。

我想，人有时真怪，别人给你一颗糖，你不接、不吃；别人不给你了，你又感到失落，竟然又想着那颗糖。都什么心理！

她就这样，矫情！

我在小说文稿上又续上一小段文字：

我不会将自己变成一个彻头彻尾的傻瓜，戳在翡翠居 7 栋 608 单元门口，永远镶嵌在 2015 年 8 月 31 日。

2

　　根据马克思主义哲学原理，世界万物都是相互联系的。这样说来，就算一个不明飞行物——前提是存在这种飞行物——突然从空中降落到你居住的城市，最好是你的房顶，也毫不奇怪。何况是活在同一时空的两个人。如果这样想，小说则无法往下写。我会说，我们的邂逅符合说书人原则，充满偶然，却无巧不成书。诗人会赞美：过去经历的种种都是为了这美丽的一刻。

　　也许是"美丽的错误"！但不管了。写下以上文字，并构思好接下来要写的内容，我停笔了。小说主要内容是"我"和"她"各自掩藏了很多秘密，才在一个本来不可能出现的时间和空间，巧妙地相遇了。我之所以停笔，完全是学大师海明威的做派，知道往下写什么、怎么写，便可以停笔，这样内心也不会焦虑。

　　关上笔记本，再去卫生间酣畅淋漓地撒泡尿，洗手，换衣，出门，一切从容不迫。是她定的时间、地点，还加上"不见不散"，我当然有理由从容不迫。

　　外面的天气有点阴，恰似淡淡的忧郁，正好符合我以前写的那些诗的特征。

　　我走到八一路口等出租车。怪了，平时不打车，一辆一辆空车从你身边穿过，今天好不容易才见到一辆，近了，里面却有人。

　　也好，趁这空当，我简单介绍一下自己。

我是一个自主择业的某军校前宣传干事。一个不需花心思为领导吹鼓、为单位呐喊，却整天写些不着边际的"天上星星地上草"的人，终于混到了能够自主择业的年限，我自己将自己清除出了队伍。如果心情好，还可以找个女人谈谈恋爱什么的。

坐上出租车，我可以将小说接下来的情节构思得更细致一点。打动人的永远是细节，成功也往往在细节。

那是个寒冷的冬季。

我生活的城市已多年没下雪了。我多么希望今年冬天能畅快淋漓地下一场铺雪。

那一天是 2013 年 12 月 31 日。一个寂冷的午后。

那年，我进 36 岁，本命年。从邻省的 G 市来到湖南衡阳南岳，想让南岳山谷的罡风吹去过往不堪的种种，在南岳之巅祝融峰迎接新年的第一缕旭光到来。祝融，火神，我希望在新的一年红火起来。

天欲雪。雪，却始终没有落下来，像一个迟到的消息。那个下午就像通往山顶的路，寂寞且漫长。来往的人不多，但他们都按照自己的方向运动着，是这种运动让他们获得某种隐蔽性。正因为人不多，山路更显空旷，也突出了她的存在。看见她时，我正在上山的缆车入口处。她也向这边靠拢，一个穿红色呢子套装的女子，一个职业女性，一看就知道和我一样是个外地人。她是特意避开熟悉的环境、人和事，来此躲清净吗？我没有答案。这个时候了，该上山的已经上去，更多是从山上下来的人。

我们就这么进入了同一个轿厢。是的，一个平时能容纳十一二人、没有座位的轿厢，此时只有我和她，多少显得空旷和奢侈。我让她先进，她没谦虚，也没有礼节性点头的举止，一进去便背对着我，仿佛我不存在，仿佛她独自站在冬天的孤绝里。她扶着轿厢边的扶手，忽略了那扶手是沁凉的。我好像一点也不责怪她无礼，相反，我完全忘记了自己心中堆积的块垒，久久地用一种欣赏和探究的目光盯着她火红的背影，仿佛忘记了时间。窗外吹着凛冽的寒风，随着缆车升高，轿厢有些微的晃动，她毫不在意，只凝视着下方的山路。我想，她此刻一定顺着山路想着远方，想着远方的某人，想着自己会不会成为某人闲下来时也想起的那个人……

我甚至在心里写下这样的句子："就是这个下午，这个凭栏远眺的女子，让我觉得未来一年的到来其实是从这个下午开始的。而且很快，会有一场瑞雪飘下来，使天地变得干净明亮，连同她的心，和我的心。"

就在这时，一件意想不到的事，一个小概率事件发生了。瓦雷里说过，骰子一掷永远战胜不了偶然。偶然的事发生了。停电了，缆车在我们到半山腰时，停止不动了。

如果仅仅是停止不动也没什么。问题是，轿厢并没静止，等我从内心的骚动中回过神来，它在强劲山风的吹动下，开始剧烈地左右摆动起来，而且摆动幅度越来越大，来回最大的角度怕有30度了。她转过身来，脸色煞白。她站立不稳，扑向了我，她紧紧抱住我。我根本来不及消化这戏剧性的过程，只有被动地接受这一切。我一只手死死抓住扶手，另一只手紧紧地拥抱着她。有一刻，我万念俱灰，认为轿厢会挣脱缆绳坠毁。可那一刻，我居然还想到了韩红的歌《天亮了》，想起那个轿厢坠毁时高高举起幼女的伟大母亲！我举不起眼前这个女人，但我会把她抱得死死的，仿佛至亲的亲人。

这过程持续了十二分钟，是管理站工作人员事后告诉我的。十二分钟后，来电了，缆车继续运动。到了山上出口，她还双腿发软，是我抱着她出的轿厢。我没有发火，只是向满脸歉意的工作人员要来一杯热开水，让她坐下慢慢喝下去。

惊魂甫定。我们不再形同陌路，自然风雨同舟了，仿佛是命运的共同体。至少暂时是。

"同是天涯沦落人，相逢何必曾相识。"中学课本里这句话，好像一个伏笔。

这一路，这一夜，我和她交谈了很多。那夜，我们在财富山庄预订的每晚六百多元的房间，有一间没发挥丝毫作用，除了放着我简单的行李——一个双肩包。我们在她房间里，烧了开水，泡好茶，相对长叙，一同守岁，一同迎过新年的日出。

经过那有惊无险的历险，我和她，都感到人轻松多了，豁达多了。

"能将生命结束在五岳独秀的南岳也是好的，何况有你这么个大美女陪伴。"

"哎，古人义结金兰时发誓不能同年同月同日生，但求同年同月同日死。如果刚才轿厢坠毁，别人找到紧紧相拥至死不分的我们时，该如何猜测我们的关系？"

我发现自己比平时语速快多了。

交谈中，她告诉我，自己刚刚离婚，前夫在一个有钱单位的有钱位置上，却被一个更有钱的女人勾走了魂。他是她的老乡、大学同学，当年软磨硬泡将自己追到了手。

"唉，都说恋爱中的女人智商为零，一点不假！我当时就是看不清他。认为他的激情澎湃、神采飞扬，以及自诩，是真情流露，而不是矫饰表演。这非此即彼的答案里，我恰恰选择了错误的一个。如果让我重新选择，瞎了眼睛也轮不到他！"

"是啊，所有的事后聪明都失去了用武之地。"

她问我的情感经历，我不想说，顾左右而言他。这年头，谁不是水一程火一程过来的呢？过来了，再回首那水深火热，就多了欲说还休的况味。

她还告诉我，她今年31岁——这样高度的机密都对我开放了。

当然，我们交换了电话，互留了微信。让彼此诧异又深感缘分不浅的是，我们居然生活工作在同一城市：千里之外的 G 市。两条原本完全平行的道路，被命运安排在这里交会了。

有个细节，我推敲过，是"她"离婚，"他"被情人抛弃；还是"他"离婚，"她"被情人抛弃？最后，我还是决定让"他"和"她"都离婚。这更符合"他"和"她"的身份，我设计的"她"，是一家要死不活的出版社的外文编辑，丈夫是 G 市都市频道正干得风生水起的广告部经理。"他"，也就是我的"死铁"江恒，具体职业，保密。总之是个近似于吃软饭的文人，逃脱不了被在证券公司营业部当经理的前妻踹掉的命运。这不是里尔克的时代，除非你自己腰缠万贯，写作只是玩票，附庸风雅。

关于江恒其人，我不妨多透露一点。他是一个满腹才情，想为现代乡村唱挽歌的人，在前妻"淫威"之下，对男女之事不敢有半点非分之想。但他脑袋瓜够用，反应机敏，但表达慢，慢得让人以为他有点口吃，冷不丁从他口里蹦出的话，像哲学一样深刻却不失幽默，常常让人感到匪夷所思、忍俊不禁。

一次，G 市下面某县的一位文化局副局长是个诗歌"发烧友"，不知从哪里读到了我的"狗屁诗"，佩服得"五体投地"，硬要拜我为师，"特地"（鬼知道是不是特地）赶到 G 市。为了表示决心和诚意，在请客的饭局上，他说每月都要到市里来请我吃饭，顺带讨教诗歌创作："我发誓，每个月来一次。"

又比如，一回我们两个大老爷们儿泡茶馆。我说对现今很多人和事越来越看不习惯了。谈到爱情，我说："你不觉得爱情，这个浪漫主义时代的理想主义字眼在玩世不恭的消费主义时代已彻底过时了吗？"

以下是我们的对话：

"你是说没有爱情，最多只剩下欲望？"并不等我肯定或者否定，他接着说，"没事建议你多读读老庄。"

"给我装大头蒜了不是？好像你修炼得春风大雅能容物了。告诉你，我只能秋水文章不染尘。"

他像回应我，又像一味顺着自己思路说："看人不顺是境界太小，痛苦太多是智慧不够。"

"给我唱高调吧。你会有那么一天的。"我说，"与你这厮厮混久了，早晚会变成恶龙的。"

他嘿嘿一笑，回报我以深渊般的回眸。他知道我引用了尼采《善恶的彼岸》里的话："与恶龙缠斗过久，自身亦成为恶龙；凝视深渊过久，深渊将报以回眸。"

3

记得某本书里看到这样的观点，男女之间永远不存在纯粹的友谊。我认同这个观点，但又认为，世界上存在比友谊更珍贵的东西，叫同病相怜。随着我和她越来越深入的交往，我们彼此都认定，我们不能扯上男女间的情感，尤其不能陷入"性"的泥潭，否则，最后连朋友都做不成。我们完全是同病相怜。至于是什么样的"同病"，你懂的。我不想和盘托出，我是诗人，这是我的权利。

我在人前说，我不是柳下惠，不可能做到坐怀不乱，但我可以做到不让人坐怀。而真实的原因，如果你足够聪明，肯定猜到了，我对那种事已彻底戒了！一个健康的壮年男子失去了兴趣，除了悲哀，还能是什么？

是的，悲哀，是你对这个世界爱不起也恨不动了。

交代一下我和她的认识过程吧。

那个过程不小说，更缺乏诗意，因为太过普遍而显得没有意义，简直乏善可陈。我们是在一个朋友召集的饭局上认识的。是什么时候的事？忘了。你看，我对这完全没上心。这样的饭局我参加得太多，不同的饭局总有不同的女人，我很少对她们感兴趣。每次，看到这些衣香鬓影的女人消失在城市灯光或夜幕时，我都在心里感叹："哎，铁打的饭局，流水的女人。"

饭局的召集人没邀她，是她一个受邀的闺蜜带她去的。她本来自我感觉那么良好，以为自己会惊艳全场，可当人向大家介绍她时，座中只有个别人礼貌性地点了下头，更多人连头都没抬，或者把热情继续放在了她闺蜜身上。那一瞬间她知道，自己在这个圈子不过是随随便便的一个人，有一种挫败感。而我，是唯一脸上堆笑并站起来向她伸去热情之手的人。因为我就坐在靠门这一边，她们进来时恰好站在我身后，因为有了压迫感，我才站起来的。在这个圈子，我也是个叨陪末座的角色，因此和她的感受更贴近。她落座在我身边的空位，我们交流得自然多一些，借着醉意，我问了她一些事。为回报我的热情，她除了回答自己想要回答的问题之外，外带着告诉我她大名徐虹，小名莲莲，也是微信昵称。我煞有介事地说："啊，好名字，彩虹、莲花！"并当即慷慨许诺，要为这名字写诗。

"啊，你还是个诗人啦！"估计也是酒精的作用，她红着脸，一副小女孩的天真模样，故作惊讶地说。

"不像？"

"不是，不是。我好好期待哦！"

自然，我要实现君子的千金一诺。因为，写诗对我来说简直小菜一碟。我早就发表过关于彩虹和莲花的诗。为了体现我才思敏捷，是专门为她而写的，我特地等道别后回到家躺在床上后，才从微信记录中找出《虹》《莲》两首诗，将写作的落款日期改成当天后给她发过去。估计她也躺在床上了，恰好有闲情逸致调口味。

我对自己的诗还是有一份自信的。

"太厉害啦！"微信信息马上来了。我刚陶醉在小小自得之中，第二条又来了："你真是我的偶像耶！"后面跟着夸张的一长串点赞的大拇指表情，怕是不少于十个。

当然，当我睡前用冷水冲凉时，头脑还是清醒的。偶像最终都逃脱不了变成被呕吐对象的命运。

交往大半年后，一次茶聚，她当我面"呕吐"了："现在的诗都什么玩意儿，意淫者的呓语！诗人又是什么品种，已越来越含义不明了。有本事，写小说，写个贾平凹《废都》或王跃文《国画》那样的长篇畅销书看看！"

我羞得无地自容。这真是诗人的悲哀！我想告诉她，贾平凹最先也写诗，连福克纳这样的小说大师都是因为写不好诗才转而写小说的，而且短篇写不好，才出版了十九本长篇。我准备拂袖而去，从此不理这个女人了！但我什么也没说，也没做，而是讪笑两声，低头喝茶。那一刻，我突然发现，自己有点儿离不开她了。但我们的交往始终没有突破男女那道最容易被突破的防线。我们享受着这种暧昧，用前些年颇为流行的说法，

"比友情多比爱情少"。我想，我和她要真正成为彼此缠斗下去的恶龙了。

在她那次话语的刺激下，我开始写小说了。而且，我写的第一个中篇很快在北方一家省级期刊发表，并被另一家知名期刊选载了。这让我的自信心得到了极大的鼓舞。

对了，还是回到小说吧。

　　回到 G 市，出高铁站时，我想拥抱她一下，象征性的，不是在索道轿厢里那种。她巧妙拒绝了。也许回到熟悉的地方，我们整个人和心，不可避免地会回到既有的思想观念和人生轨道当中。

　　之后，我们没任何联系，连对方发的朋友圈都不点赞，仿佛对方并不存在，仿佛南岳经历的不过是一场幻梦。我们都在回避什么。

　　这女人是太矜持还是真绝情？我在心里问。没有答案。我自己又何尝不是如此？我并未将心向明月，管它明月照不照沟渠。"好在她不是命运女神。"我自言自语，"命运女神轻描淡的一个手势就能将我清除出她的世界。"

4

　　我们大概有三个月没任何联系。并不是说，我彻底忘记了 G 市还有这么个人，因为至少，我有时莫名其妙就会去回想南岳那一夜。我会想，她此时此刻在干什么？至于她是不是也会偶尔想起南岳，想起这个城市中某个角落中的我，不得而知。

也因此，我会狠狠骂自己一句：没出息！

俗话说"吃一堑长一智"，如果真能长上一智，吃一堑也不算白吃。难道我真变成了小说里写的那种情感饥渴的男女，见到稍微投缘的异性，便像抓住一个黑暗中的门把手，虽然并不知道那道门将通向哪里。

一天夜里，我正在追一个热播剧，突然手机响了。是她的。电话里面好吵，听了好久才听清，她在城东人民路的"魅力四射"酒吧，问我能不能赶过去。

我原以为她遇上麻烦了，被什么坏人缠住了，于是赶紧出门打车赶了过去。她确实遇到了麻烦，不过是她钱包不见了，买不了单。

"对不起，这么晚麻烦你。钱包被扒了，微信钱包又不够，我没绑定银行卡，怕不安全。"看来她还没醉，条理蛮清晰。

"别说了，能在危难时记起我，说明心里有我这个朋友！"

"谢谢。我是怕熟悉的朋友看到我这副狼狈相。"看来她还很诚实。

付完账，我们出了酒吧。我拦了辆出租车，想陪她回去。她迟迟艾艾的样子，好像不太想要我陪。

"我怕你路上不安全。我不是坏人，要坏早在南岳就坏了，还等今天！"

她不好意思了。我和她到了她住宅区，城北的翡翠居。在小区门口，我让司机等一下，下车和她道别。她说了声谢谢。我目送她进去后，再原车返回。

第二天，通过微信转账，她将昨晚酒吧的消费打给了我。

之后，我们便不时相互问候一下。但谁也没提出约在一起聚聚。

你看，我这人天生就是为文学而生的。一旦构思小说，就忘了现实中的自己，忘了此刻我正去赴一个女子的约。

三年多了吧。我和她不咸不淡地交往着，谈不上密切不密切。只是从没有深入彼此腹地，每次见面都在茶室或简单的饭局上。我很享受和她在一起喝茶聊天的感觉，很轻松。而且，我大言不惭地认为，在我的影响下，她越来越会聊天了。

有时，回到家里，我会将我们之间的一些谈话记录下来，这原汁原味的对话，就是生活本身，完全可以写进小说。随便欣赏几段吧，都藏在我手机里。

2014.4.23 星期三，小雨。

"我又失眠了。"

"那得恭喜你！现如今，哪个有品位的人不失眠？"

"这话新鲜，"她被我逗笑了，"只听说过有钱人都失眠。"

"你不知道，有情人更失眠呢！"

她笑得更轻松了，仿佛失眠的困扰那么不值一提，或者轻易就会被风吹散。"你也失眠？"

"你说呢？我可是个有品位的有情人。"

2014.9.6 星期六，晴。

这一次，我们谈到了男女。忘了是什么事引起的。

"世道在变，过去的女人拼命藏住底裤，现在的女人，半遮半掩欲盖弥彰。"

"偏见。"

"你不感到所有偏见都很美吗？"我狡辩道，"甚至，往往都是对的。"

"也许吧。如果说，对的并不等于正确的。"她狡黠一笑。她很会笑。——很多人，尤其男人，因为喜欢她的笑而喜欢她。——当然，不等于通常意义的谄媚。

我被她的笑感染了，也笑了。

2015.1.15 星期四，阴。

"医生说我有低血糖，我需要一些甜蜜的话！"

"这好办。甜蜜的话嘛。宝贝，我爱你！然后一个双引号，引号里的文字是'您多多保重！'"

"什么意思？还双引号的。"

"哈哈，我只对引号里的文字负责，引号外的话，容易被风吹散。"

她被我的话逗笑了:"我就没指望你是个笃诚、豁然、大气、有儒风的君子。"

2015.10.22 星期二,晴。

"我们恋爱吧?"

"别吓我,你知道我心脏不好的。"

"我说真的。"

"假作真时真亦假。"

我们不说话了,沉默着。过了好一阵子,她先打破了沉默。

"你小子!我刚才说的是假话。"

"知道,知道。所以我假装相信你!"

"你坏!"

"坏才有人爱啊。"我说得轻描淡写。

这番对话是我心里想出来的,我不知道是不是我潜意识里期待的。诗人都是内心戏比较多的人。

唉,就算没这些对话,我也认为我们之间已经有一种心照不宣和意味深长了……

5

今天真邪门了!

等了好久才坐上的这辆出租车与一辆宝马抢道时刮擦了。随着一个急刹，我的头便撞在了后厢与驾驶室相隔的不锈钢隔栏上，手机也差不多撞坏了。出租车司机丢了句："对不起了兄弟，你只好换车了，车费不要了。"好像我得了天大的便宜。

看到两车司机开始互相指责骂娘，我也只好自认倒霉。换车呗。

还是回到我的小说吧，接下来该这样写了：

又过了两个月，是春节了。我无颜见江东父老，干脆和父母扯个谎，不回乡下老家了。

那是我平生第一次一个人过春节，原以为没什么的孤独感差不多将我一口吞没了。我记得太清楚了，那是大年初二，我午睡方醒，肚子饿了。早饭并中饭，我一共只泡了碗"康师傅"。正在此时，我收到了她的微信。初一，我们互发了一条千篇一律的祝福短信。

"在 G 市吗？"

"嗯。"

"为什么不回老家陪父母？"

"不为什么。"

"你也没回去？"

"嗯。"

"你又为什么？"

"……"

"突然好想你！"

"……"

"我过来陪你好吗？"

过了好久，我的微信出现了一个数字："7—608。"可她立即撤回了，就像冬泳者伸出的一只脚探了探水，发现江水太冰冷刺骨了，立即缩了回去。但我已经看到并且记住了。

我不再犹豫！我要赶过去！我有种荆轲献地图时的悲壮。我知道，此去可能无法回头了。

既然翡翠居7栋608的门向我打开了，过程可以一笔带过。

只是她不准开灯，这有些像欲言又止的表达，或者，话说到一半。

也是，话说一半，衣脱一层，是一种诗的境界。脱光了，就俗了。

不过，事物发展的规律最终要从诗意回到现实，诗人也要完成与小说家的角色转换。在意乱情迷之时，最终大雅大俗，完成普天之下概莫能外的一件壮举。

那一刻，一种幸福感像潮水一样涌过来，将我淹没了。在这一陷入灭顶的过程中，我又被诗人附身了。而一个诗人幸福起来，会让人感觉他很缺乏城府，我差点笑出声来，因为我用足了一个诗人的想象原则，我整个人将永远镶嵌进她的灵魂！

"心往一处想，劲往一处使"这样的口号或许更适合此时此刻。可当我们正要将爱的事业推向高潮时，她口里却冒出一串声音，喊着另一个男人的名字！"子明，子明……"这句话像一把锋利的锥子，扎进了奔跑着的足气轮胎，噗的一声，泄了！我像古代两军交战，厮杀正酣，突然被对手刺中、落下马来的将军，闭上眼睛等待着命运的判决。她从意乱情迷中醒过来了，看到躺在身边背对着自己的这个男人。我不知道她心里是否有一丝后悔和歉然，但没有解释和安慰。这一刻，我知道了一个残酷的事实，现实生活中的一个词语，比如刚才她喊出的那个名字，比诗歌中任何一个词，都有着太多深刻的内涵！

是她，亲手将一个我本以为温柔的奇迹打碎了，使之成为一个完全不幸的偶然。

我有理由生出一种因纯洁的情感被无情亵渎了的愤怒。自己不过就是一份外卖，被饥不择食的人胡乱用来充饥了。

过了一会儿，我释然了。我必须让自己释然。否则，还能怎样？这就是生活本来的面目。不是已经写小说了吗？我是男人，为一个并不真心爱自己的女人奉献一点真爱是应该的。我在心里说。

我甚至允许自己体内残留的诗人衍生出嫉妒来。我甚至希望，我和她永不再见之后，当黑暗中的高潮到来时，她含糊的嘴里喊出的名字是江恒，也不枉了这份奉献。

可同时，我体内的小说家占了上风，他清楚地告诉江恒，也就是我，能得到这份幸运的概率为零。

6

我到茶室时，她已经在那了。我没迟到，也就不问她等了多久。这时，我才突然意识到，我们怕有一个半月没在一起了。这种情况之前少有。

她点的是一杯红茶。金骏眉。

我点了一杯苦咖啡。她有点诧异，但没说什么。

自从写小说后，我改饮茶为喝咖啡了，我坚定不移地认为，生活的滋味就是海南苦咖啡的滋味，即使加了方糖，仍然会坚定不移地苦着。

"这两天手机为什么一直关机？故意躲着我？"

"不可能！我还以为你不再记得这个城市还有我这么个朋友了。哦，我算你的朋友吗？"

"倒打一耙。看你酸溜溜的样子！"

"嘿嘿，说真话吧，我正在写一个小说。年龄不小了，我要抓住每一个今天。"

"今天不是天天有吗？"

"今天只是未来生命中的一天，但你的未来却取决于你今天做了什么。"

"说得好！"

"不是我说的，是海明威。写《老人与海》得诺贝尔文学奖的美国人。"

"厉害！中国还没谁得过吧？"

"有啊，上一个是莫言，下一个是我。"

"哎呀，这世界真有那么种人，永远那么自信，好像这个世界上没有什么是他不行的。他会让你感觉一切都在他掌控之中。你不必有丝毫犹豫，连想一想都没有必要。"她不失时机地调侃我。

"不是我自信，是我母亲对我有信心。谁是最好的？我妈说是我，你应该相信一个母亲说的话。"

"哈哈，真逗，这是马拉多纳的话。"原来这个不知道海明威、也不知道莫言获诺贝尔文学奖的女人，居然喜欢足球，知道马拉多纳。

这时，她的电话响了。她从茶几上拿起，看了看来电人，脸色有些不自然。"对不起，我要出去接个电话。"我右手一抬，做了个请便的手势。

她出去了很久。我感到有些无聊，注意到茶室墙上有副行楷。我站起来看，是甘泉的。甘泉是我军校的战友，中国书协会员，在东南亚几个地方开过个展。

是杜牧的诗。我小声念起来："自是寻春去校迟，不须惆怅怨芳时。狂风落尽深红色，绿叶成阴子满枝。"我知道这首《叹花》背后有个故事。杜牧曾游湖州，见到一位十一岁的美少女，于是与她的母亲约定，等十年后她长大成人，他来娶她。可十四年后，杜牧任湖州刺史，再寻美女，对方已嫁人生子，这令他无比惆怅，遂成此诗。一个老牛想吃嫩草的典故。

我想，如果把我后来又给她的短诗《莲》（这次真的为她而写，当然在她没有刺激我写小说之前），写成书法挂上去，不知会不会污了别人眼睛。

如果茶室墙上不是挂着诗词，而是贴着明星的大幅画像，就滑稽了。可是，为什么不可以呢？这个世界不是完全滑稽了吗？我突然又回到小说中去，如果江恒和她，在唯一一次，却最终失败的欢愉后还能凑在一起，比如一起到了茶室，会怎样？

接下来，小说这么写吧：

我和她就这样互相抵消对方的期望，却又不得不被日子这根看不到尽头的绳子绑在一起。

那次以后，我们努力过，但每次都以不欢而散告终。告终之前，往往先陷入难堪的沉默。都因为那个对我来说从来没存在过，而又无处不在的人，一个影子一般的人——宋子明。比如这次，在"尚品茗家"茶室的包厢里，我们的谈话就很难进行下去了。

她低头只顾小口饮茶。

"那些错过的人，得救了。"我自言自语。

"什么意思？"她抬起头，茫然地望着我。

"没意思。"过了一会儿我回答。这样回答，可能的确没意思，也可能什么意思都有。还有，就是"没意思"本身。

又一阵沉默。屋里的空气有些流通不畅。

我突然感到很无聊。掏出手机，浏览起来。

"现年二十岁的俄罗斯美女富二代伊雷娜·贝利洛娃2014年在伦敦举办婚礼，并豪掷350万英镑（约3057万元人民币）请明星出席自己婚礼并献唱。如今，她在一段视频中声称，结婚仅仅为了报复前男友，目的是让他重新回到自己身边，而二人的确重归于好。"我盯着手机上的新闻，用一种不成不淡慢条斯理实则相当恶毒的语气念着，看似与他人无关，实则我特别希望某人听进去。

她一定听进去了。在我低头看手机时，她站了起来，作出准备告别的样子，可身子却站着没动。

"心怀鬼胎！"她背对着我，盯着墙壁上女明星的大幅明星照。我相信她此时的眼睛是空茫的，她的思绪可能已飘得好远了。

我一愣。这莫名其妙没头没脑的话任谁都会愣住的。我从手机屏幕上抬起头，看着她风调雨顺的背影。

她的话像散弹，目标太宽泛，躲避不及，很可能成为被伤及的无辜。

我也把目光投向墙上的女明星。

过了好一阵子，我也没头没脑地蹦出一句："鬼胎很美！"

她的电话打了有半个小时。回来后，脸色不太好看。我什么也没问也不说。我认为这是明智之举。我们只低头饮茶。

最终买单这事是我抢着做的，虽然是她先提议喝茶的。这一点上我向来很大气。买完单，我又绅士十足地在"尚品茗家"门前拦下一辆出租车，为她开了车门。车开动后，我向她招招手，发现她在抹眼泪……

7

也好，我们之间不就是约定仅限于同病相怜吗？如果一个人病好了，不需要相怜了，只管毫无挂碍、一走了之，也不至于伤害对方。

我走到路对面，上了一辆相反方向的出租车。我想，是不是该给小说再增加小段文字？虽然它有画蛇添足之嫌，甚至狗尾续貂之虞。管它呢，先写出来再说。

这就是整个故事的始终。是江恒的一次酒后真言。

可是，以我对他的一贯表现，我怎么也不相信，一个循规蹈矩、不敢越雷池半步的人，能有这份艳遇！他演绎这个情感故事，是不是仅仅希望朋友们在各自炫耀时，不要顺带指着他说一声"憨货"？

"不相信我，是不是？瞧不起我，是不是？是不是？"

没等我回话，他又说："不信就不信吧。反正爱情就像一场梦，说醒就醒了。"

我有种被人猝不及防猛击一拳的感觉，酒，醒了不少。痛过之后，细思量，这话说得太到位了，简直被人点中穴位。

"今生不会再做爱情的美梦了……"还是他在说话。像醉后呓语。

我只有沉默。因为，我不知道该说什么。我第一次感到一个诗人内心的苍白与苍凉。

突然，我听到了哭泣声。是江恒。低沉的声音像一把钝锯，拉着城市的黑夜。

旁人听到未免太古怪了。我赶紧凑上去，拍拍他肩膀，安慰他，我说："兄弟，别这样，别这样，我相信你还不行吗？"

我知道，这也是在安慰自己。

我还想，这次，我不是假装相信他。

2019 年 3 月 21 日于长沙

上帝是个卖糕的

"不要老在我面前喊上帝，我只信观音菩萨。"每次，儿子在她面前喊上帝，她就不开心，就唠叨。"当年我可是在观音娘娘面前烧了好多香，才怀上你的。你应该感谢观音娘娘，而不是外国那个上帝！"为了不至于在儿子面前显得太没城府，她甚至隐瞒了自己为了让儿媳妇也怀上孩子，初一十五不知到寺庙送子观音前烧过多少高香。

"和你扯不清……"他的声音在喉咙里滚动了一下。对于母亲，他也只能赔着小心说话。

近来，他的确心里烦。而这种烦是不能告诉母亲的。母亲这辈子太不容易，自己六岁时，父亲撇下他们母子，去见上帝了。是母亲把自己拉扯大的。

"未必外国的菩萨管得了中国老百姓的事。"母亲嘀咕着。

总算拦住一辆出租车，他搀扶大肚子的妻子上去了。妻子的脸色一直像寒露节后的早晨，灰冷灰冷的。出门前，他和母亲说，到医院做例行检查。

　　他和妻子是中学同学。当年他考入重点本科，四年下来准备出国留学，谁知临毕业时出了幺蛾子，出国的名额被人顶了。万般无奈之下，他进了 S 市一家外资公司，成为白领，薪水还勉强过得去，他的妻子在 S 市一家私企做文案。妻子当年考的师范专科，结婚后为解决两地分居问题，她忍痛辞去了老家镇上小学教师的职务，那可是正式编制。

　　这几年，小两口省吃俭用，加上母亲卖掉镇上老房子的钱，凑齐了首付，在 S 市买了个三居室的电梯房，一家三口倒也幸福地生活着。

　　可是，母亲眼里美中不足的是，儿媳肚子迟迟不见动静。她明里暗里想了很多办法，都不见效。怎么能见效呢？他们的避孕措施一直都做得很好。

　　眼看妻子过了生育最佳年龄，他和她，还有她，一家三口都急。可光急也没有用。妻子公司老板说了，想生孩子，好啊，先辞了职再说。靠他一个人薪水，付房贷、付水电、付这付那，还生得起孩子吗？买得起进口奶粉吗？付得起幼儿园高昂的学费吗？

　　好在，年初公司让他负责一个大项目。老总说，项目完成得好，给他提职加薪。而看起来，完成这个项目并没多大难度系数。"哦，My God！"当一个人运气来临时门板都挡不住！一切问题都不是问题了。就在这时，妻子的肚子也终于在期待中毫无悬念地隆起。可谁知……

　　连续好几个晚上，为了避免和妻子起正面冲突，他吃过晚饭就下楼，在小区漫无目的地瞎逛。一肚子火无处发，真想找个人揍一顿。当然，他不敢揍公司某个人，那是犯法的，虽然想象中，他已经揍过他或他很多次了。那么就揍街头哪个小商贩吧。但最终，他谁也没揍，因为他是文明人，文明人只会找外马路边的法国梧桐出气。他对着树干狠狠踢了一脚。

"哦，上帝啊！"那个暗夜中龇牙咧嘴、疼得脸都扭曲的人是他吗？那只被他吓了一跳的流浪猫一脸无辜地看着他。

昨天，接到电话，他又走进了一家公司接待室。这已是第八家了。比他先到的应聘者，被叫去了一个小会议室。他感到口渴得厉害，从饮水机给自己倒了杯水。回过身来，一个胖子正从门口进来冲他微笑，把他吓了一跳。上次对他微笑的人是邓。那是三个月前的事了。邓是原来那家外资公司的人事部经理。毫无疑问，邓的微笑充满了讽刺、挖苦的意味。笑完后，邓对他说："已经通知财务部，你可以去领半个月薪水。明天，你就'海阔凭鱼跃、天高任鸟飞'了……"

"你是丁部长吗？"胖子小心翼翼地问。

他没否认，只是面无表情地看着他。

"哦，您好！丁部长，我是张啊，接到电话就立即来了。这是我简历，请多多关照！"胖子满脸堆着谄媚的笑。

"放这吧。有消息会很快通知你。"他用鼻子示意胖子将手里的简历放桌上。

胖子毕恭毕敬地将手中简历放在桌上，满怀期待而又不失礼貌地转身走了。

他拿起那份简历，正眼都没瞄一眼，就往角落的字纸篓一丢。看着简历优美地自由下落，他心里怀着愧疚地说："上帝啊，请原谅我吧！"

来妇产科的人真多！他不明白生活如此艰难，为啥还有那么多人争着赶着要来人世。快到中午了，终于等到叫妻子的号。她进去了。他麻木地坐在走廊翻看手机。看到一条官方新闻，某市公安局消息："村民凌某在购买新疆人核桃仁糖果（切糕）时，因语言沟通不畅造成误会，双方口角导致斗殴，致两人轻伤，赔偿损失切糕约 16 万，加上受伤人员医药费、受损车辆费用，总共赔偿约 20 万……"

疯狂而混乱的世界啊！

"My God！"他自言自语。

"什么？卖糕的？"母亲问，"谁是卖糕的？"

他一抬头，母亲不知什么时候也到医院了。

当然，他不知道他和妻子前脚刚出门，母亲后脚就到了开福寺。整整一上午，她都在烧香拜佛，求观世音菩萨保佑儿媳肚子里的孩子安安稳稳的。在寺庙里，她见到每一尊菩萨都虔诚跪下，扎扎实实地磕三个响头。

而母亲更不知道的是，儿媳今天根本不是来医院保胎的，而是要打掉肚里的孩子。

"上帝，是上帝！"他想笑又想哭。

"哦，还是上帝，原来你的上帝是个卖糕的……"

2018 年 9 月 28 日于长沙

那一刀落下去了吗

为此，他已做了精心计划和准备。

谁做这样一件大事都不可能草率。他准备了三个多月时间，光秘密踩点就花了一周时间。现在终于找到了进入这个高档别墅区的突破口，也想好了撤退路线和后续所该做的一切事。他完全掌握了这个浑蛋的作息规律，以及他那独栋别墅四周的所有情况。为确保万无一失，他甚至像演习一样，还推演了一次，直到确认自己能够达成目的且能全身而退。

当然，就算事情败露，自己落入法网，坐牢甚至被枪毙，也在所不惜。总之，这个猪狗都不如的东西必须得死，必须得到应有的惩罚！

不再犹豫了，就这个周五下午行动。这一天，正好是妻子逝世的周年忌日。

之前，他阅读了大量侦探推理小说，也看了很多关于犯罪与破案的电影与电视剧，这让他的反侦查能力得到了脱胎换骨般的提升。他是这么想的，杀了这个人，自己能逃脱法律制裁多久就多久，当然时间越长越好，自己还可以继续工作，为儿子多攒些钱。如果运气不佳，立即伏法，也没关系，他会将自己名下这套三居室卖了，也有个一百多万，足够保障儿子上本科，甚至研究生毕业，没什么担忧的了。

他还想好了，杀死这个人之后，他还要在这个人家里翻箱倒柜，弄得一地狼藉。他不会拿走他家里任何东西，但要制造出这是一起入室盗窃，被主人发现继而杀人灭口的假象。他要将警方的视线引向这上面来。

在花园蹲守时，他往地上吐了口痰，可吐了后马上就后悔了。真不应该吐这口痰，要吐也得吐在自己带来的垃圾袋里。他下意识地用脚去擦，要擦去一切痕迹。来之前，他做了认真检查，除了一把自制的尖刀、家里的钥匙、一双手套、一双鞋套、一个头套、二三十元零钱外，还专门准备了一个垃圾袋。他知道，他身上一丝一毫的东西都不能留在这里——他不承认这是犯罪现场。哦，他还特地买了一包黄"芙蓉王"香烟和一个一次性打火机——他从不吸烟，却要在那人的家里吸烟，要让警方觉得犯案人是个烟鬼。但他记得，不能留下吸过的烟蒂。此外，他身上一张纸都没有，连平时从不离身的手机也留在家里。为了这次行动，他还特地买了一双内增高的鞋子，十厘米高。他知道，进入这个豪华小区内可能会留下监控记录。他打算进了别墅、剪掉监控摄像线路后，再脱鞋，等事情办妥了再穿上离开。

他早就发现对方家里有一把门钥匙放在门廊外那排盆栽的第二个花盆下。也完全摸清了对方别墅四周的监控摄像头所在位置，他还知道对方家里也装了监控。他会首先将这些一一处理掉。

处理好监控摄像头后，他将别墅所有房间，甚至角角落落都侦查了个遍。他找到一根不锈钢高尔夫球杆，又从阳台解下一根晾衣的尼龙绳。这些东西都会派上用场的。他想。

做好这一切之后，他坐在餐桌前，开始抽烟。他以前从没抽过，所以呛着了，连咳几声，但还是装模作样抽下去，也算压惊吧。毕竟，杀人这事还是头一回。

他一边抽烟，一边忍不住回忆，往事一幕幕像电影一样从脑海划过。

别墅主人有个名字叫罗满仓，虽有些俗气，倒也朴素实在，一个乡里伢子取了这样一个名字，足见父母一片苦心。自己叫刘文心。刘文心和罗满仓是高中同班同学，还是同桌。罗满仓祖宗三代都是老实巴交的农民，家境贫寒；刘文心父母是他们中学的老师，条件自然好得多。刘文心学习拔尖，罗满仓成绩平平，但刘文心从来没嫌弃自己的同桌。不但学习上帮助罗满仓，生活上也给予一定的照顾，比如隔三岔五从父母餐票里拿一两张给罗满仓，让他到学校教工食堂吃顿油水相对足的饭菜，算是打牙祭。出于报答，罗满仓不时从乡下山里摘些野果送给刘文心，比如桑葚、刺莓、酸枣什么的。过往点点滴滴，曾是那么温馨。

他又点燃了一支烟。抽了两支后，不觉得烟有那么冲人了。

应届高中毕业时，刘文心如愿以高分考入了某重点大学机械系；而罗满仓比中专录取线少了一分，落榜。那时高考录取率只有百分之几，考上的人实在是凤毛麟角。刘文心去上大学，罗满仓继续复读。刘文心学习之余，总不忘写信鼓励罗满仓别泄气，一定会考出来。他还在周末跑新华书店，看到好的高考复习资料便买了寄给罗满仓。皇天不负有心人，第二年，罗满仓考上了大专，进入冶金机械学校学习。刘文心本科学制四年，罗满仓学制三年，正好同一年毕业。

名牌大学毕业的刘文心分配时有很多不错的选项，而他那个在大企业星沙钢管厂当主管的大舅力主他到钢管厂工作。他答应了。这时，罗满仓也毕业了，一个大专生想留在省会城市好一点的单位还是有些困难。他找到了老同学刘文心，刘文心又去找大舅。好在罗满仓所学专业还算对口，他也被分到了钢管厂。刘文心进了技术科。罗满仓只能进生产车间，但他已经很满足了。就这样，两个老同学又形影不离地混在一起。

烟灰缸里有四五个烟头了。这些，最后都会装进带来的垃圾袋带走。

两年后，刘文心被评为工程师，很快又当上了技术科副科长。在他的不懈努力下，一线工人罗满仓被调到了技术科，当上了技术员。后来，整个社会都在变，变得活泛了起来。技术员罗满仓思想也越来越活泛了，开始不满足于一个月到手的那点死工资，私下做起了生意。一次，他居然将一批做试验的钢管倒卖了。事情被发现后，厂里要开除他。刘文心再一次站出来，说事情他知道，算是点过头的。结果，两人都受了处分，工资降一级。再后来，不满现状的罗满仓提出了停薪留职，去了深圳。据说，他有个当包工头的表哥在深圳发了。

没两年，有消息传回钢管厂，罗满仓在深圳也发了。

罗满仓确实发了，还买了部"大哥大"。他想显摆一下，把电话打到技术科，找到了刘文心。两人聊到各自现状，刘文心告诉罗满仓自己结婚了，安于现状，不思进取，当然也谈到了钢管厂改制的事。因技术和管理水平跟不上市场经济大潮，厂子生产经营不善，政府难以背负越来越重的债务，只得引进外资，进行股份制改造。以国营全民工自傲的员工们慌神了、不适应了，手里捏着的新发到手的股票，生怕是一张废纸。开始有人将股票卖了，换成真实的钞票，心底踏实多了。到底是闯深圳的人，罗满仓意识到这里面有巨大的商机和利润空间。于是立马怀揣一百多万现金回到钢管厂，还从一个在信用社当主任的同学那里贷款二十万，又从亲戚朋友处借凑了三十万，其中就有刘文心夫妻积攒多年的十万元。他在钢管厂大门边摆了张桌子，就地收购员工手里的原始股。两年后，钢管厂顺利上市，原始股价值飙升了十多倍，一夜之间，罗满仓成了千万富翁。

千万富翁罗满仓买了套大三居室商品房和一辆皇冠小轿车，成为了中学同学中第一个拥有私家车和商品房的人。那天，他开着皇冠去给刘文心还钱，拿了不光是借的本钱十万，而是十五万。刘文心推辞了一番，也心安理得接受了。心想，这哥们儿是个讲究人。罗满仓结婚了，找了个小他十岁的漂亮四川妹子。婚礼那天，罗满仓喝高了，对老同学们说："读中学时我就一直暗恋罗莉！"哦，罗莉是刘文心妻子，他们的班花。"她一直是我梦中情人！我知道自己配不上她。她嫁给我哥们刘文心，我只能在梦里偷偷掉泪。我发誓一定混出个人样，一定找一个比她还漂亮的女人。怎么样，我做到了吧？哈哈。"

刘文心有些苦涩。

后来，罗满仓不满足于只当千万富翁了，他要成为亿万富翁。他弄起了私募基金，在股市和期货市场如鱼得水，财富如滚雪球一样膨胀起来。一次老同学聚会，他鼓动大家把闲钱都投到他的基金里，答应给予大家有别于他人的丰厚回报。"谁叫我们是同学呢！让钱生钱吧，别放在银行里让那点可怜的票子贬值发毛。"他对刘文心说，"你如果将钱投入我的基金，回报率高于所有人。我们是铁哥们儿！退一万步，就算我赔了，也决不亏你！"言之凿凿，让人感动。

刘文心同妻子商量，觉得罗满仓还算靠谱，是个知恩图报的人，于是决定将积攒的三十万元都投进去。儿子刚上初中，如按罗满仓答应的回报利率，三年下来，差不多能翻倍，这样儿子初中毕业后，就可以直接送他到国外，儿子必须要有个更美好的未来。稳重起见，刘文心还和罗满仓草拟了一份协议，并都在协议上签了名、摁了红手印。

他到厨房找了一个杯子，给自己倒了一杯水。尽管自己戴着手套，这只喝过水的杯子用完后，也得放进垃圾袋里带走。小心无大错。

罗满仓的"仓"好像从来装不满，他又要进军房地产了。他让他财经大学毕业的亲外甥做他的股市操盘手，与另一个人合伙去开发楼盘。但他失算了，合伙人坑了他，介绍的一块几经转手的地，根本办不了手续。而那个合伙人与别人合计将他的一千万骗到手后，从此人间蒸发了。恰在这时，他那个操盘手外甥在他精力无暇顾及股市时，偷偷抛售股票，挪用九百多万去网上赌球，结果输得血本无归。

老话说："人走背运时，喝凉水都塞牙。"罗满仓那个年轻漂亮的老婆，丢下他和才几岁的女儿，带着这些年攒下的私房钱、贵重首饰和名贵包包，黄鹤一去，杳无音信。

刘文心知道罗满仓的情况，也觉得这个时候上门的确有点"那个"。无奈儿子初中就要毕业，他投在基金的钱必须取回。他拿着那份协议，硬着头皮去了他的别墅。

"此一时，彼一时。现在拿出这个东西来有意义吗？"罗满仓看都懒得看他手里的协议。那语气、那神态完全变了个人，一个刘文心不认识的陌生人。

"那好吧，你承诺的高利息我不要了，甚至百分之六的定额存款利息也不要了，我不要你一分钱利息，我只要拿回我的三十万本钱。"刘文心感到自己讲话时明显底气不足，好像欠钱的人不是对方而是自己。

"你看我现在是能还你本钱的人吗？要不，我那辆开了三年的奔驰你开走得了！"看着那一副死猪不怕开水烫的无赖嘴脸，直觉告诉他，对方没说假话。

他空手而归，向妻子说明了情况，承认自己当初草率了，轻信了别人的花言巧语，也承认自己没用。

这些他都认了！可千不该、万不该，不该让妻子去上门讨债。

"我知道你们是哥们儿，拉不下面子，说不了狠话。可这三十万是我们一分一厘攒下来给儿子的教育基金！都说瘦死的骆驼比马大，破船还有三千钉，他再亏，我们这区区三十万还是拿得出的！"妻子说完这些话，出门了。

回忆让他越来越痛苦，才喝过水，又唇干舌燥的。于是他到厨房添满水，一口气喝了下去。

妻子回来时衣衫不整、头发凌乱，冲进卧室趴在床上一个劲流泪。他深感事情不妙，跟着进了卧室，不停问："怎么了？到底怎么了？"

"那个畜生……他喝多了酒，他……他……"妻子抽泣着，断断续续。

"我要杀了他！"他怒吼一声，冲到厨房，抄起一把菜刀。

妻子死死抱住他："你要干什么？你要干什么？你要逼死我？"

稍微冷静些后，他理解了妻子的苦衷和顾虑。是啊，你去告人家，可一切事实都证实你是主动上门，他会不会反咬一口，你是想勾引他，意在钱？儿子正读初三，马上中考，家庭的任何变故都会影响他的学业。还有就是，一个遭强奸的女人、一个妻子被人强奸的丈夫，生活中何以自处？他心里很乱，但，这口恶气如何吞得下去？自古杀父之仇、夺妻之恨不共戴天。这猪狗不如的东西，罗满仓造的孽，一定要得到报应！他在心里埋下了一颗仇恨的种子。君子报仇十年不晚，会有那一天！

从此，妻子常常半夜哭着从噩梦里醒来。她得了严重的抑郁症，且越来越严重。但她靠着顽强的毅力挺着，在儿子面前强颜欢笑。儿子真是优秀，没有辜负他们的期望，虽然没能出国，却考入了清华大学。妻子终于如释重负，某一天趁他上班时，她写下遗书，吞下了一整瓶安眠药，搭乘了去天国的列车。

他眼里充血，怒火中烧，一下子站了起来，抓起杯子要砸向客厅防盗门，好像那里正站着日日夜夜须臾没有忘记的仇人。好在，情感很快被理智控制住了。

罗满仓自觉罪孽深重，也有思过悔改，将三十万还给了他。但他不会原谅他。

事情展开得出乎意料的顺利，完全按他计划好的一步一步进行，下午不到四点，罗满仓回家了。当他打开客厅门正在换鞋时，他冲出来对准他就是一记闷棍。真解恨！猪狗不如的东西趴下了。他用晾衣绳将罗满仓绑在一张靠背椅上，还给罗满仓嘴里塞进了一块破抹布。其实，他完全可以不这么麻烦的，一刀下去，什么事都结束了。

行动一旦开始，就再也没顾虑了。这一刻，他异常冷静。他不能让这个人死得不明不白，他要让罗满仓清楚，这是他应得的下场。他从厨房接了半盆水，泼在罗满仓头上、脸上。罗满仓苏醒过来，挣扎着，无济于事。他找来另一张椅子坐在罗满仓对面，把头套摘了下来。刚开始他还下意识看一眼客厅的摄像头，没什么可怕的，他一进门就处理掉了。

接下来自然是控诉和审判，字字血、声声泪。

"你有今天，是罪孽深重，死有余辜！下辈子投胎做个好人吧！"说完，他起身，走到罗满仓后面，揪住他的头发使他头往后仰，好露出雪白的脖子，像乡下杀鸡杀鸭那样。他运足了一口气，右手高高举起的尖刀眼看就要落下。多么快意恩仇的一刻啊！林冲在风雪山神庙杀死陆虞候是这种感觉吧？武松在狮子楼手起刀落，杀了恶贯满盈的奸人西门庆是这感觉吧？他心里居然涌起一股英雄豪情。

这时，客厅防盗门吱啊的一声开了。一个穿着红色校服的十一二岁的女孩进来，把书包放在门口的鞋柜顶上，再抬头，看见客厅正举着尖刀的他，和被绑在椅子上、嘴巴塞着破抹布的罗满仓。他、他，还有她，这一刻都惊呆了！罗满仓极力扭动身子，眼里露出绝望的光，嘴巴"呜呜"地发出哀鸣，像一条垂死的狗一样。

真是人算不如天算。原来学校今天开运动会，不上课，她参加完运动会开幕式，又观看了一些有自己班同学参加并有希望拿到名次的项目后，自行回家了。她是多么的不幸，碰到了如此不堪的一幕！她惊恐万分，张开的嘴巴想喊，却又好像被一只无形的手扼住了咽喉。

如果自己能够干净利落，手起刀落，这猪狗不如的东西早就一命呜呼，到阎王爷那里报到去了。自己也早已到了市西郊月亮山公墓妻子坟前，去告慰她，深仇得报，她可以在天堂安息了。为什么要拖泥带水呢？

开弓没有回头箭。这把刀已经举起，就没理由不落下，不可能不让它饥渴的锋刃舔血。再说，我现了真身，就必须用他的血祭奠我亡妻的在天之灵。此时放了他，他决不会善罢甘休，接下来会出现什么情况谁能料到？再说，他女儿也看到了这一幕，她认识我，她可能报警，她会做证。

怎么办？杀一个是杀人，杀两个也是杀人。不，不！我杀一个无辜的孩子算什么？不是和他一样猪狗不如！我也是父亲，我甚至不忍心让自己的孩子看到如此血淋淋的一幕，看到自己至亲被活活杀死！如果此刻杀死他，而让她活下来，从此她的心里必定只有暴力、杀戮、黑暗，不会再有光明和美好！她的一生再无幸福可言。

怎么办？就此罢手？自己一定会坐牢。就算他们不报警，也可能招致意想不到的疯狂报复。杀了他一个，结局是坐牢或枪毙，而杀两个反而可能暂时侥幸逃脱法律制裁。可我怎么做得出来——杀一个必杀之人还捎带一个无辜之人？"这个世道教会了我残忍，却没有教会我丧失人性啊。"没人能听到他在心里叹了口气！

现成骑虎之势，左右都难。

真是后悔得要死！他在心里连骂自己三声：猪！猪！真是头蠢猪！

人类没有后悔药，猪也没有。

他左手紧紧揪住罗满仓的头发，右手高高地举着刀，完全就是一尊雕塑，但他脑子在飞速运转："怎么办？怎么办？怎么办？"

…………

"那一刀落下去了吗？"真是个揪心的故事，不能怪我急切地想知道最后的结局。

他完全没理我，仿佛我是空气。

这节骨眼上，他停住了。仿佛一辆急速行驶的小车突然没了油，自动熄火了。小旅馆的双人间一下子暗了许多。只有他指间夹着的"芙蓉王"香烟的烟头明明灭灭。那是公司配的接待烟，销售员出差在外联系业务每人每天三包。我不抽烟，每天三包，我会匀一包给他。他是老销售，是我师傅。四年前，大学毕业、满怀信心的我，想撸起袖子干出一番成绩来。在省城那些大公司应聘连续碰壁之后，我不得不在一个远房亲戚引荐下进了衡州这家民营企业，干起了销售，成了他徒弟。报到那天晚上，我就着二两花生米喝下半斤劣质白酒，残忍地杀死了心中豢养多年的那个梦想家。剩下两包烟，如果没向人打开，我会留下来，过年了带回老家，总有些亲戚和老同学来串门，既体面，还多少能省几个钱。

"K市电建公司的罗总真不是个玩意儿，答应得好好的，说晚上见我们一面。我们将'佳茗茶馆'包间都订好了，他又突然变卦。明显要我们，吊胃口！没办法，谁叫他是甲方，我们求他呢，只能等他通知另约时间了！"

我们公司小，差旅费包干，为了省钱，晚餐我们俩只在小馆子吃一碗加量的常德牛肉米粉，然后窝在房间聊天打发时间。外面好一个花花世界，可谁叫我们囊中羞涩呢！

还是他会讲故事，绘声绘色，讲的和听的都如亲临其境。

而此刻，陷入难堪的沉默。我想起身去开灯，又懒得动。

一方面，时间仿佛在这一刻凝固，墙上挂钟的时针和分针都静止不动了；另一方面，窗外的暮色正一点点从远山向这座城市逼近，直到暮色四合。城市路灯亮了，街道和附近小区居民楼的灯光也渐次亮出各自的幸福。他盯着窗外，看见灯光下那条河流——白天，我们曾沿着河堤走了很远——不动声色，兀自流着，好像又唤起一些久远的记忆。

我顺着他的目光也往外望去，同样看见了河流。多像一个沉默寡言的人，它从不言语，可是带走尘世多少秘密！突然记起一个诗僧的诗句："一个人要掩藏多少秘密，才能巧妙地度过一生。"

我安静地等待，等待他回过神来，接着将故事往下讲。可他眼睛一直望着窗外，好像老僧入定。不，不是老僧入定，因为我听到他呼吸越来越粗重，一颗心怦怦直跳，仿佛要撑破胸腔，继而撑破天花板，直至撑破整个夜色。

"啊！"一声惨叫穿越夜色传来。我们都惊了一下。我瞄他一眼，发现他脸色一下变得煞白，夹着"芙蓉王"的右手猛地一抖，白色烟灰掉在地板上。

他骂了一声，把烟蒂狠狠摁在床头柜的烟灰缸里，仿佛要用尽洪荒之力来灭掉某个罪恶的念头。

"很晚了，睡吧。"最后，他有气无力地说。

我抬起头，与暗夜中的他对视一下。他的眼神流露出不安。我似乎觉察到他想努力挤出一丝笑容。是的，应该有一丝笑容，不过既苦涩又忧伤。

"睡吧。"我回应他。我能感觉，他已心身俱疲。

写于 2020 年 4 月 26—27 日，
解放军九二一医院第二住院部，病中

黄　昏

1

下午静静流逝，像从八庄门村边流过的青苍江。某个村民在某一天拥有一份小确幸的话，未免不可以浅薄地认为，这条江源自他内心。

而如果悲伤呢？悲伤不可言说。

立春伢子在这样一个下午，破坏一份寂静，又制造出更深刻的寂静，这一天就和以往的任何一天不一样了。故事的叙述者就有话要说。

天，依然是清贫的蓝天；到了黄昏，家家户户茅屋瓦舍升起的炊烟，依然瘦小，被风轻轻一吹，散了。只有做细伢子时上过几年私塾的四爹爹，眼瞎之后，除了替人排八字算命，还爱上了作诗，说那炊烟是被白云接走了。

这样莫名其妙的话如果别人说的，就是疯话，病得不轻。从四爹爹嘴里说出就不一样，颇具仙气，更让大家确信他道行高深，真有两把刷子。

其实，也不是发生了什么石破天惊的事。不过是立春伢子，在这样一个秋日的下午，杀了家里那只唯一的、报晓的雄鸡。杀鸡本是件稀松平常的事。再穷再苦，叫花子也要过年不是。谁家里一年到头不杀个把只鸡呢？

可立春伢子这次杀鸡，非同寻常。首先，时机不对，不年不节的，杀什么鸡？而且，他上午才从白石铺镇派出所给放出来。其次，杀鸡的工具不对，别人用菜刀，他倒好，用的是从屋角落找出的那把又笨又重的砍柴刀。再次，杀鸡手法不对。别人杀鸡，是先烧开一壶水，找来一只盆、一只碗，碗里盛些凉井水，放几粒盐。待这些事情做好之后，一只手抓住鸡的双翅，同时用这只手的拇指和食指扣住鸡脑袋，另一只手拔去鸡脖子的鸡毛，再持刀一刀割下去。待鸡血流进碗里后，把鸡往盆里一丢，滚水淋上，扒拉几下，接下来就是褪毛。立春伢子不一样，他一只手把雄鸡按在坪地，另一只手举起明晃晃的砍刀，运足气力，手起刀落，鸡头鸡身子一刀两断，鸡血洒了一地。看得人心惊肉跳。第四，立春伢子杀鸡前的准备过程，也就是磨刀，太过别出心裁，太过漫长，太过张扬，让人寒气从心底直冒，毛骨悚然。

仅凭此四点，八庄门的这个下午便充满诡异的气氛。村外的旷野，落叶如轰散的雀群，随心所欲飞舞，几块麦地上值守的稻草人不安分地挥舞着手中的烂布条，像在招魂。

立春伢子是临近中午被白石铺派出所放了，回八庄门的。谁都知道他这次犯了什么事。奶奶病死后，他经常在白石铺街上无所事事闲逛。这次没撬门，他爬上一棵碗口粗的松树，吊着树尖，把自己送上瞭望塔的塔顶。那个瞭望塔修建在白石铺一个山包上，曾经供民兵训练用。这个山包后来被叫作瞭望台，再后来，不断有居民在瞭望台下面建房子，慢慢有了一条街，就叫作瞭望街。瞭望台下四面都挖了防空洞，最终汇聚在瞭望塔下，塔从正中位置往地下开了洞口，通向每一个防空洞，平时有一扇厚厚的铁门是上了锁的。那次，他居然发现瞭望塔里有一盒纸雷管和一卷导火索，于是把它们偷回了八庄门。有了雷管、导火索，不能不想到炸药。有了炸药，是能干些什么的。也许，是大事。

立春伢子是去公社采石场偷炸药时被捉的。在派出所，他不像平时那么横，变聪明了。他只承认自己偷炸药是想到青苍江炸鱼的，除此之外，没有任何企图。就这么死扛着，派出所雷所长也拿他没办法。所长和民警疲了、烦了，最终把关了两天两夜的立春伢子从黑屋子提溜出来，放了。

他不紧不慢，从村西头的枫树井打来满满一盆沁凉的井水，蹲在村子中央的生产队晒谷坪上磨刀霍霍。以往，除了杀年猪邀请来的屠夫会这么大张旗鼓地当街磨刀外，谁会这么肆无忌惮？那只可怜的雄鸡，被草绳捆了双翅和双脚，丢在一边。秋风在瑟瑟发抖，四周的眼神写满绝望的意味。谁都知道，这颇富仪式感的一幕，意义远不尽于杀一只鸡这么简单。

后来，秋风似乎也被立春伢子磨锋利了，刮在几个胆子大看热闹的人的脸子上，有点生疼。立春伢子就蹲在那儿磨那把生锈的柴刀。不远处的云母顶，像一头壮硕的雄狮匍匐着。半山腰的某处，葬着他的奶奶。

在奶奶之前，立春伢子不到五岁，就领略过了至亲死亡的滋味。他父亲死于非命，尸骨都没归葬在八庄门刘家的祖坟山上，而是在遥远的江西某个深山老林里做着孤魂野鬼。

死亡是什么？让故事叙述者告诉你吧。不是花圈，不是悲伤，不是号啕大哭，也不是薄皮棺材或者裹尸的凉席，这一切对死去的人没有任何意义。死亡只是一个强加在亲人身心之上沉重的、苦难的、没完没了的故事。死者冷眼旁观，活着的人，年迈的寡母和唯一的孤儿，才鬼使神差地被强行推上了某个故事的主人公席位。

立春伢子是那个孤儿，故事的主人公。但叙述的权利不在他，而是牢牢掌握在叙述者手里，比如故事进行的节奏和以何种方式展开什么的。不高兴时，许多情节一笔带过；有兴致时，泡上一杯苦丁茶，卷好一支旱烟，且听我慢慢道来。

"嚯，嚯，嚯"，磨刀石游走于要命的柴刀。立春伢子从来不承认自己是个输得暗无天日的倒霉蛋。好了，砍柴刀的斑斑锈迹被磨掉了，露出了亮瞎人眼的锋刃。

足足磨了两个钟头。这过程慢得像痛苦的一生。那些没被立春伢子搭理的村里人很无趣，又不愿离开。立春伢子只想专注于磨刀石。尽量不去瞅那只将死的雄鸡，又忍不住瞅上一眼。瞅一眼，手便不自觉抖一下，仿佛瞅见宿敌，令人不安。太折磨人了。

好在，杀鸡这个环节倒是快得出人意料。他动作麻利之极，手起刀落，没有悬念，不超过一秒钟。啊！云母顶上的斜阳颤抖了一下。

2

四爹爹被二癫子的叫喊声打断回忆时,正坐在村东头自己老屋门口喝茶,一大碗苦丁茶,端在手里。由于太过专注于回忆,他差一点呛了。他坐在一把矮竹椅上,那根被桐油漆得锃光瓦亮的茶子木拐斜倚在身上,像战士从不离身的钢枪,墨镜也被放在椅子边触手可及的地方。秋风刮得是有点狠,却还不至于像狗一样被它赶回窝里。

四爹爹回忆美好事物时最不喜欢被人打断了。幸好八庄门村子外就是青苍江,它潺潺的流水总能让人把记忆连接上。

见过阳秀妹子的人谁不夸她呢,前凸后翘的,白白净净的脸一旦笑起来,那个甜啊,像发酵得刚刚好的小钵子糯米酒。整个流泉町大队谁不羡慕孝生伢子修来的好福气!可惜阳秀妹子嫁过来不久,笑的次数就越来越少了,更多时候都是一副心不在焉的样子,或者长吁短叹。即使皱着眉头,她还是那么好看、耐看。阳秀妹子是人高马大的孝生被派去修"三线"铁路时,从四川带回八庄门的。

那年月,谁家不是穷得叮当响呢,有几个人成天傻哈哈地笑?人们只是不明白,她是怎么下得了狠心,抛弃孝生和出生才半岁的立春伢子,跟人跑了呢?据说,有人在桂林见到过她,她和那个走村串户收荒货的开了个小废品店。这是些什么事啊!收荒货的真不是东西,该千刀万剐,拐骗人口,打碎了一村老少爷们的甜酒缸!现在想来都不可思议,孝生伢子,还有一村子的人怎么都没提高警惕呢?

阳秀妹子是个稀罕娘儿们，撩人得很，哪儿都值得一摸。这是老少爷们儿的共识。当然，大伙只在幻想中或梦里摸过。就不知大队会计牛强子有没有这福气。"手感好极了！"一次，隔壁九队李二家讨媳妇，几碗谷酒下肚后，牛强子嘴角流涎地说。在场所有人都跟着讪笑。

牛强子家有条大黑狗，毛发纯黑，黑得像煤炭，像乌云，像诅咒。那条黑狗可真坏啊！而且专门欺负老实人！它会对着陌生人汪汪狂吠，咬牙切齿，尽显赶尽杀绝、谁也别惹我的派头。它不叫时更可怕，它的眼睛会蓄满仇恨，不共戴天的那种。盯得人心里没底，不知道它会在什么时候冷不丁地一跃冲来。

若干年后，立春伢子领教过那条狗的厉害。

阳秀妹子跟人跑了后，孝生伢子心灰意冷，也撇下老母幼儿，跑了。他跑到江西一个深山老林的林场当伐木工。过年都没回八庄门。年迈的老母和年幼的儿子等啊等，后来等到了一封电报。孝生得绞肠痧死了。生产队长和会计去处理的后事，带回点遗物，尸体就地埋了。队长回来后，有一种流言传开了，说孝生伢子到林场不久，就和林场煮饭的女人好上了。他是被女人老公设计下毒害死的。立春伢子的奶奶就是去找牛强子讨要那点可怜的救济款时，被黑狗咬伤小腿的。

九岁不到的立春伢子提了条苦楝树棍子去讨公道，但一见到那条狗的气势，先就怯火了。可你越是胆怯，那畜生越是能看穿你心思。立春伢子将棍子一扔，落荒而逃，不小心绊了一跤，左手腕摔成了骨裂，后来找了个水师画了一碗水喝了，还是疼了两三个月。看到立春伢子一副惨相，牛强子的二儿子打瓜佬笑得前俯后仰，鼻孔里两根绿面条都掉了出来，又吸溜进去。对立春伢子来说，颜面之痛和手腕之痛程度相当。世界就是个大舞台，大家你看我，我看你，就看谁摔得更惨。

"早晚有一天，我要弄死你！"立春伢子双眼冒着火光，噼里啪啦响。这话很多人都听到了。但不知那个"你"具体指谁。是打瓜佬，是那条黑狗，还是牛强子？其实，立春伢子发这句狠话时，自己也知道在走钢丝，铤而走险，却顾不了那么多，大脑不听指挥，只逞一时口舌之快。大家都知道，他连牛强子家一条狗都奈何不了。而牛强子有的是办法收拾他，牛强子有办法收拾流泉町每一个人。

大家没想到的是，这次立春伢子敢去偷雷管炸药！

3

杀鸡之后，立春伢子收拾好家伙什，还有鸡头、鸡身子回到了自己的土坯屋里，把门关得死死的。那些看热闹的人还是聚在一起，原先都不说话，默默看着，现在开始交头接耳。那些开始害怕的女人和孩子，也从屋里出来，集中在晒谷坪里。

大家都听得真切，刚开始立春伢子的屋里发出过歇斯底里的号啕声，现在安静得如同死亡一般。

女人们开始同情起立春伢子来。是啊，只有半岁，母亲跟人跑了；五岁，父亲死了；九岁，奶奶又到云母顶去落了户。怪可怜的。男人们想的是另一层意思，他还有什么顾忌，有什么他不敢去做的呢？别说杀一只鸡，就是杀个把人，他也有这资格。

但是，他现在把自己关在屋里不出门。他到底要怎么样？！

有人提议，赶快请四爹爹来。

这真是个好主意！

腿脚特别勤快的二癞子飞也似的跑去报信去了。

过了一阵子，一种大家都熟悉的声音由远及近，"笃、笃、笃"，那是拐杖敲打青石板路的声音。四爹爹出现在大家面前。

所有人都长吁一口气。

大家围上来，把四爹爹围成了核心、主心骨。这难免不让老人皱巴巴的脸被一层容光覆盖着。也可能是从天上泄漏的惨淡的光。但自豪是必须的。

四爹爹知道，大家都在看他，似乎立春伢子将要做什么或不做什么，由他说了算。

大家详详细细地把这个下午发生的一切说给了四爹爹。

四爹爹听完后，将右手的茶子木拐杖交到左手，抬起右手扶了扶墨镜，却什么也没说，脸黑得如同云母顶上聚集的一块乌云。

4

四爹爹打了个寒战。一阵秋风吹过，帮了他一把。他的墨镜凝视远方。仿佛被什么看不见的东西吓坏了。不远处的云母顶，那头匍匐的狮子似乎也抖动了一下身子。他自始至终没说话，若有所思。然后，低着头，拄着拐杖，走了。秋风刮得越来越紧，偶尔趔趄一下。

　　四爹爹的背影消失在黄昏深处。云母顶上的黑云追赶着白云，锲而不舍。

　　晒谷坪里那些被抛弃的人，仿佛被施了魔法定了身，全都变成了傻眼哑巴，每个人的脸像开春后被犁过又耙得平整的秧田。过了好一阵子，众人都醒了过来，集体开口，冲着一只手拄拐杖、另一只手牵着癞皮狗一样的秋风的我的背影，喊："四爹爹，四爹爹！"

　　如我所虑，是他们把夜幕从天空喊下来了。

　　这与我无关。

　　黄昏到此结束。

2020 年 6 月 30 日于株洲

徐春桃是谁

　　进入 7 月之后，我们到"兰波旺"吃小龙虾、喝冰啤的次数越来越多了，有时一个星期就去四次甚至五次。你可千万别误会，怀疑是我可耻地爱上了夜宵店的小姐姐雪莉，更不能毫无根据地怀疑我师傅张德稳想来猎艳。他的人品无可挑剔，我敢打赌，这样的好男人如今已经绝迹了。

　　"火炉子一样，这地方。你晚上不吃消夜，能怎样？"张德稳如是说。"再说了，一大盆辣得屁股冒火的小龙虾，外加管够的冰啤酒。男人想舒坦，还要什么？"

　　我是个北方佬，来到湖南，是真吃不了这里的辣啊！青春痘在我的脸颊上异军突起，扯起了反旗，而且是这一处还没扑灭，那一处又立起了山头。小龙虾越是辣得够味，越是想着用冰啤去扑火。跟着这样的师傅，酒量不突飞猛进都不行！一次酒醒后，我对张德稳说："如今我是水土不服只服您！"

　　醉眼看"兰波旺"，多么洋气的一个名字，用在株洲芦淞区夜宵一条街这家夜宵小店上，是不是可惜了？它应该出现在北京后海某家店面的招牌上才对，至少，也该亮相在湖南省会长沙最热闹繁华的解放西路吧？

我想，给小店取这名的人，怕和我一样，是个半桶水诗人。兰波，法国象征派诗人，超现实主义鼻祖。即使你不是诗人，总该知道"生活在别处"这句名言吧？这话曾从我师傅嘴里冒出来过，让我对他刮目相看。

雪莉，名字也洋气。嗯，对得起"兰波旺"。她是"兰波旺"夜宵店的五个女招待之一。在我心里，她是无人能够替代的"兰波旺"。地球人都知道，"兰波旺"是英语"第一"的谐音。有了雪莉，这家小店配得上"兰波旺"。

我再次声明，我可没爱上雪莉小姐姐。信不信由你。

不过，自从跟着师傅张德稳到"兰波旺"吃过第一次夜宵后，停了诗笔多年的我又有了写诗的冲动。平心而论，雪莉是个可爱的姑娘。她几乎不化妆，即使抹了粉脂，也是淡淡一层，除了那一头酒红色大瀑布长发让她看上去还算时尚，其他的打扮与这个年龄的都市女孩相比，她无疑太过淳朴。我记住了她那双清澈的眸子，自然，纯洁，明亮，可以作为一首唯美之诗的诗眼。即使在斑驳的灯光下，我也看得一清二楚。

可是，我还是不太明白，师傅张德稳，一家大企业旗下房地产公司的副总工程师，一个高管，拿着不菲的年薪，完全可以待在北京总部，即使离京，也是检查指导，走马观花、前呼后拥，何必把自己混成一个项目经理，日晒雨淋的？害得我这个助理工程师，他的徒弟，也跟着颠沛流离。好在我卵一条，枪一杆，了无牵挂，打起背包就能出发。

"生活在别处。小伙子！"每次，张德稳都这样拍拍我肩膀。如果他不是刚恢复高考就考上同济大学的高才生，我会觉得他特别滑稽。我也毕业于同济大学建筑学院，正因如此，张德稳很器重我，把我挑在身边，收了徒弟。

比如这次，二公司在株洲芦淞区高科园接了个项目：神通光电新基地建设。张德稳主动请缨，跟踪这个项目，建成样板工程。老同志了嘛，董事长、总经理基本上都依着他。我当然没问题，还没来过湖南呢。"湘女多情"，这句话我可是老早听说了的。

对了，得告诉你，张德稳就是湖南人。他说过，他出生在湘南乡下一个叫白石铺的小地方。"我是一个农民的儿子……"这是他在很多公开场合发表演说时的开头语。农民的儿子张德稳和他妻子出生在同一个地方。他们是中学同班同学。

"原来你和师母是青梅竹马啊！"

"嘿嘿，嘿嘿……这个么，有点夸张。你师母，人家可是高干子弟！她父亲是我们县劳动局长。我们……家境，不可同日而语。"

这勾起我无限伤感。我也来自农村，在当地也是低层中的最低层，低到家里的三合土地面下到处都藏着蚂蚁洞。我的童年几乎就和这些蚂蚁为伍。可能还有这个因素，师傅对我特别好。

"你小子可别误会我或者我家里谁谁谁，沾了我这位泰山大人什么光！我从来没有，也不屑于沾她家半点光！"师傅仿佛看透了我的心思。

那么，我只能认为师傅师母完全是纯洁的革命友谊发展成爱情，最终水到渠成牵手到一起的。他们这一代还是有很多人把爱情当作信仰和宗教的，让我莫名的钦佩和向往。

随着我给张德稳当徒弟的日子越来越长，觉得自己很多时候的判断还是过于浪漫主义了，许多事情发展的路径并不和我的灵感保持同一个向度。比如，师傅师母共同建造的爱情公寓，就不是透明的玻璃房子。好像有个什么人或者影子夹在他们之间，不那么纯粹。

前年中秋节，我去他家送公司分发的过节物资，碰到两口子在吵架，吵得有点凶。师母显然急了："你就是贼心不改，还惦记徐春桃！"张德稳就像被武林高手点中了穴位的傻蛋，或者说，像一个气鼓鼓的橡皮轮胎被一枚钉子扎中，瞬间就泄气了。还有去年秋天一个周末，师傅和好友几家子相约去昌平十三陵自驾游，我被喊上一起去并充当临时司机。天气很好，师傅师母的心情看起来也不错，一路有说有笑。张德稳笑着说师母那件鄂尔多斯羊绒衫颜色显得老气了点。师母脸一下子垮了，"什么好衣服穿我身上，都左右不是。穿徐春桃身上才好看，是不是？"好气氛戛然而止，像高速公路上的急刹车。

徐春桃是谁？我不知道。但能够肯定，一定是某个扣人心弦的故事的主角，这引发了我强烈的好奇心。一次，趁张德稳喝得高兴，我坏着心眼若无其事地问："师傅，徐春桃是谁？"

"徐春桃？谁是徐春桃？"他一脸警觉，一脸茫然。

"没意思了啊。我师母可是……"

"你臭小子！哦，徐春桃嘛，我嫂子。哦，不，你师母的前嫂子。一个爱做白日梦的女人……嘿，提她干吗？来，喝酒！"一个肯定麻辣的故事连同一大杯啤酒被他一口咽下。我见识了张德稳诚实品质下的小小狡黠。

算啦，师傅不想说的，做徒弟的总不能没完没了刨根究底。不如喝酒，不如说说雪莉。虽然雪莉和张德稳都说塑普，我还是听出他们尾音完全一样。师傅也承认了，他们是正宗老乡。没错，一个县的。"兰波旺"的生意真不错，每天晚上几乎没有空座。我都是提前发微信或打电话给雪莉，让她帮忙留座。每次接到我电话或微信，雪莉都兴奋得不行，我能感受到她语气里好闻的薄荷味。雪莉尽管忙，总会抽个空子到我们桌边来，说上几句调皮话。张德稳和我就特别开心。要不是店里有规定，否则她一定会陪我们喝几杯的。

谁都看得出来，自我到了株洲，整个人都变了。工作很卖力，仿佛浑身上下洋溢着使不完的劲，也更加用心，完全把工作当事业。每天一大早，我就跟着张德稳一头扎进工地，挥汗如雨，毫无怨言，直到暮霭慢慢降临。看见晚霞灿烂，想着不远处的湘江在静静流淌，我就忍不住想为某人写首诗。当然，诗，还藏在灵感的某个角落，尚未露面。但不妨碍我借名人的诗句直抒胸臆："我们有时做过动人的大梦，单纯而热烈地生活，不去谈论邪恶，怀着崇高的爱情去爱一个女人，在她微笑的注视下辛勤劳动……听从责任，如听从嘹亮的号角。"

听听，多好的诗句！"动人的大梦"，不是人人都说，中国梦，我的梦吗？

不过，有件事还是让我挺纳闷。这次张德稳带我来株洲，我满以为他会衣锦还乡。可是快两个月了，他除了在工地，就是收工后拉着我去"兰波旺"。我很想问问他，为什么不回白石铺。

但没问。

"喝酒,喝酒!"

是啊,辛苦了一天,还有什么比喝酒更让人身心放松的呢?

有时,喝完酒,回到临时板房,我会良久地在工地伫立。我特别喜欢夜深人静时的建筑工地,尤其是明月高照的晚上,宛如一部宽银幕电影里最撩动人心的场景。打桩机、起重机停止了工作,像一尊尊安静的大力神,钢梁结构稳稳撑着一大片天空,也撑得住所有词句。整个工地就是一部未完成的史诗。

可是,如果一味喝酒,不说点什么,就是喝闷酒。喝闷酒是件挺没意思的事,多少有点煞风景不是?这就怪不得我总惦记徐春桃了。

徐春桃是谁?这个问题一直纠缠着我。

"情爱是种毒,这世上并无解药。"酒至半酣,张德稳对我说。张德稳目光支离破碎。让我想起我读小学四年级那年,班主任怀疑我偷摘了校园的桃子,罚我写检讨。到了晚上,我用弹弓瞄准了小十二班教室窗户,玻璃碎了,像碎了一地的月光。

"她是我们班文娱委员,能歌善舞。我是学习委员。李美丽是团支书。"我终于知道了我师母的大名。"我和徐春桃中了歌德的魔咒,恋爱了。我们爱得很热烈也很隐秘。进入高二,正好赶上国家恢复高考。我发奋念书,想一定要为自己、也为徐春桃挣个好前程。我如愿以偿。徐春桃和李美丽也都考上了中专。也很不容易啊,那年头。春桃进的卫校,李美丽学的财会。就在我上同济那些年,李美丽的哥哥看上了徐春桃,对她死缠烂打……最后,他们结婚了……"

我唏嘘。"看来，在现实这块巨石面前，爱情不过是一枚易碎的鸡蛋。"

"不不，这不能怪她，不能怪她……"张德稳使劲摇摇头，好像要把什么怪念头从头脑里甩出去。

"那你又怎么和师母恋爱结婚了？"我知道我问得有点多，挺过分的。

果然，张德稳没接我话头。"喝酒，喝酒！"他举杯向我示意一下，干了。

他又一次巧妙转移了话题。我一根筋，还在猜，也或许，他和师母结婚了，就和徐春桃成了亲戚，有了必然联系，能够名正言顺多接触吧。唉，生活有自己的逻辑，很多问题不能够穷根究底，也没有所谓的正确答案。"还在瞎想什么呢？"张德稳的爪子比话先到，落在了我脑门上。

"嘿嘿，没什么。来，喝酒。师傅，我敬你！"

有些事，别人不愿意告诉你，不必去追问，硬要追问，得到的往往是谎言。何况，张德稳已经将自己隐秘的往事透露给了我一部分，够哥们儿了。不不，是亲师傅。我有一种满足感。

"她也有个哥哥，是知青，下放农村时，修水库被石头砸坏了一条腿，落了残疾。因这个原因，他被收回街道吃居民粮，可是一个残疾找不到工作的啊。"另一次吃夜宵时，我们还是没绕过徐春桃。

不知道这是第几次不知不觉说到徐春桃了。更让我产生一种感觉，张德稳这次带我来湖南，就是专门为了向我倾诉心里最隐秘的往事。

"李美丽的哥哥瞅准机会，找到了徐春桃的父母，说可以通过当劳动局长的父亲安排他进县里的卷烟厂。卷烟厂啊，多少人梦寐以求的单位！当然，天上不会掉馅饼，他有个条件。不用我多说了吧。"

我还不至于那么不开窍。

"徐春桃的父母都跪在她面前了！谁受得了这个？"张德稳苦涩的笑容如水墨画一般，凝固在了他被灯光映照着的脸上。

"她是我生命里遇到的最好的女人！她的美，让人欲罢不能，又让人揪心……唉！"又是半截话。每次都这样，像分期付款。张德稳长叹一声，惆怅无比。

此情此景，在"兰波旺"夜宵店，我不能不想起兰波的几句诗来："如果我没记错，我的生命曾是一场盛宴。在那里，所有的心灵全都敞开，所有的美酒纷纷溢出来。"

又是挥汗如雨的一天。又一座车间的钢结构安装好了。张德稳对工程进度和质量都很满意。我擦了把汗，想好好喘口气，写首诗什么的。

傍晚的风掠过湘江吹过来，扯了扯我衣角，神秘兮兮地说，天意高远，不如人间情爱。一个大地上的职业建造者、一个打桩人，喜欢在灵魂的虚无缥缈处建造空中楼阁。师傅张德稳曾严肃地指出，写诗，早晚会害了我！

此刻，师傅显然比我看得更远，他郑重其事地宣布："天快黑了。"这一刻，张德稳体魄壮实，动作沉稳，话语简洁而坚定，男子气概十足。我明白他的意思，"兰波旺"门口的霓虹灯亮了。我二话没说，赶紧回宿舍，脱下沾满泥土浸着盐渍的工装，冲个凉，再换上一身干净的休闲服。我赶在师傅之前，到厂子大门外叫了一辆专车等着他。芦淞区的夜宵一条街，不，准确说是"兰波旺"在等着师徒俩。

管他人生得意还是失意，以酒会友，夫复何求！

"走！"张德稳坐在前排副驾驶位，大手一挥，毋庸置疑，仿佛航母编队的司令官，一场决定大国命运的重大战役，就此一锤定音。

还是雪莉接待我们。一大盆冒着热气的超辣红油小龙虾摆在面前，像珠穆朗玛峰，等着我们师徒去征服。一打冰啤很快喝没了，我们有些酒劲了。有了酒劲，人便分不清大小王了。我说："师傅，您没想过和师母离婚，再和徐春桃……"

"打住！"张德稳身子弹了一下，像是被我这个念头吓住了。"我们这代人可不像你们年轻人，动不动换个人！"

我真听话。没再问，没再说，只顾喝酒。

"今天的小龙虾辣得好爽。再来六支冰的。"

"别，师傅！"我脱口而出。桌子下横七竖八躺着一堆空瓶子，个个像不胜酒力的醉汉。

"尿啦？"张德稳不松口。

"好吧。"我只好认命。真受不了别人轻蔑的目光，哪怕这人是我师傅。"雪莉，再来六瓶，冰的！"

雪莉像一只欢快的蝴蝶翩翩而来，她笑得很妩媚，一副"祸害人间"的样子。张德稳也笑，好年轻的样子。张德稳的笑是送给雪莉的，好像她这个正宗老乡提来的冰啤是免费送的，我们白捡了个大便宜。同样，蝴蝶般的光影从天花板吊着的那只有无数个棱镜的滚动圆球折射过来，奇迹般自然。

半打冰啤又放在我们桌上，雪莉向我抛了一个媚眼，扇扇羽翅又飞往别的酒桌。我举着玻璃杯，目光在光影里寻找着什么。若有所思。

"徐春桃和他还是过不下去，离了。她得了严重的抑郁症。可她从来不告诉我她心里的苦。她为什么不告诉我？为什么？为什么不让我帮她一把？"张德稳真的喝高了。

"你睁开眼睛瞧瞧这个世界，哪里还有这样愚蠢的女子？打着灯笼都找不到！可是，可是，她为什么最后要走向一条绝路？她……呜呜……"一个大男人的哭相也太难看了！我吓坏了，紧张地望望四周。还好，每个人都沉浸在自己的世界里"嗨皮"着，谁管谁啊！不过，我觉得还是提醒张德稳注意形象比较好，"师傅，师傅，这叫怎么回事嘛。喝酒，喝酒！"

张德稳也觉得自己失态了，眼泪都顾不上擦，赶紧笑了笑。笑比哭还难看。

"我永恒的灵魂，注视你的心，纵然黑夜孤寂，白昼如焚。"我的天啦，这是我师傅张德稳吗？居然能脱口背出兰波的诗句！

他望着我，举起玻璃杯，一饮而尽，从牛仔裤裤兜拿出皮夹子，抽出一沓百元钞往桌上狠狠一拍，好像与那些钞票有仇似的。"说好了，这顿归我！"

皮夹子里掉了张什么，飘在地上。

雪莉听到动静，又翩翩飞到我们身边。

我弯下腰，捡起掉在地上的纸片。是一张旧照片，二寸见方，120海鸥相机拍摄的那种。在明亮的射灯下，我看清了：一个青春妙龄女子站在一树盛开的桃花之下，笑得天真烂漫。

"My God！"我的惊讶不是装的。我深刻地注意到，如果她们的发型——一个酒红色大波浪，一个乌黑的清汤挂面——可以忽略不计的话，照片上的姑娘和站在我身旁的雪莉，就像桌上的两杯冰啤，一模一样。

2020 年 7 月 6—9 日于长沙

我的孤独像头猪

"他就是这样一个所谓的诗人，不被人理解是他唯一的骄傲。"连续三个前女友离开我后，她们向闺蜜提起我时都会用同一种腔调鄙夷地说。末了，她们一定不会忘记加一句："猪一样的骄傲！"

我觉得一阵风吹过耳旁，但吹不掉嘴角一丝冷笑："太抬举我了。我没有猪一样的骄傲，只有猪一样的孤独！"顺便，龇下牙，否则我这些年白刷牙了。

我的三个前女友，一个是洗浴中心按摩女，一个是保险公司推销员，还有一个是售楼部的销售员。

她们无一不是鼠目寸光。我信誓旦旦地向她们每个人保证过，要做好充分的心理准备，等待我大红大紫的一天。到那时，她完全不用那么辛苦。只管跟着我周游列国，吃香喝辣，参加名目繁多的研讨会和朗诵会，这就够了。

可是……怎么说她们呢？我不能说出"燕雀安知鸿鹄之志"这样的话，只能说她们的愚蠢超过了耐心，或者说她们前世没修来这份福气，注定这辈子永远生活在尘埃、在低处。

在没离开我之前，我的三个前女友都美若天仙。等她们一个一个和我分手时，我才发现原来她们那么丑、丑不堪言！真是惊人的发现。这在某种程度上改变了我的世界观。原来世界并不存在美的东西，所谓美，不过是一个诗人倾尽身心想象出来的。

这难免不让我对世界失望，彻底失望，以至于最终只能让自己深陷孤独之中，直到我遇到我的第四位女友。美，重新回到我的精神世界和现实生活。或者说，让我知道美确实是存在的，只不过过往的日子堆积如山，阻隔了我的眺望，我迟到了。我这样赞颂：她是美的化身。不，她就是美本身。我向没见过她本人的朋友用简洁的诗句形容她：满脸青春痘，灿若夜空中明亮的星星；单眼皮下的小眼睛，小得那么恰到好处！

毫不夸张地说，我和我的第四任女友是在灵魂漫长的流浪中，找到了彼此，成为彼此的归依。是的，就像微风吹过月光下的桂花树，一种妙曼的香气让我们的前世今生纠缠在一起，不分彼此。我把我们第一次邂逅的西山北湖比作夜空明月——它忍受着四周的黑暗，在寂静中泛着微光，就像我总是默默忍受来自四面八方的嘲笑和讥讽——既是黑暗时代光明的象征，也是我生命和诗歌里灿烂得忧伤的诗眼。

而同样，这，也成为她创作的丰富源泉和主题。

哦，差点忘了介绍。我的第四任女友是个画家，准确说，现代派画家，创意画是她的拿手本领。只不过，在遇到我之前，她的画没卖出过一幅，就像我的诗从没发表过一首。这不是我们的错，错在这个蒙昧的世界还没睁开眼睛。

"你哪来的钱维持生活，购买价格昂贵的颜料、画布？你总不会到医院卖血吧？"我曾问过她一个如此愚蠢且多余的问题。

"保密。"她莞尔一笑，只给我说这俩字。看看，多么冰雪聪明的女子！

但是，世界在该睁开眼时还是睁开了。在毫无悬念的、必定的邂逅中，我们成就了艺术的彼此！

我们爆发的创作激情无与伦比。我们每天全身心地投入艺术，包括做爱，这当然也是艺术的一部分。我每天都要写十几首诗，最多的一次，一口气，连续写了三十首。她不停地画，画出一条分开绿草地的充满欲望的蛇，一棵将影子砸入湖水的愤怒的歪脖子苦楝树，或者冒着火花烧灼了空气的电线等等。

她获得了空前巨大的成功！画作开始被人买走；接着一幅一幅被人买走；每一幅都被人买走。甚至，一些邪恶贪婪的画商用天价预订她的画。

她开始憎恨成功了。她越来越憎恨成功。她恨不得画出一幅失败的画。但，这个可笑的世界，绝不允许一个被自己捧红的女画家失败！一次，她用一块擦颜料的旧抹布在一张巨幅画布上胡乱涂抹了一阵。结果，引来无数无聊的评论家热烈追捧，写出的煞有介事的评论文章被出版社出版了一本厚厚的文集。

但我写的诗还是一首没发表过。我知道，我所有的灵感都通过身体，源源不断输送给了她。剩下的我，成为一个无形的空壳。我写的诗，就是一具具僵硬的死尸。

达不到失败目的的她，只好失眠。直至最后彻底失眠！我不失眠，但我饱受她失眠的痛苦。她失眠，就要和我通宵达旦地缠绵。

结局可想而知，她必须从这个世界销声匿迹。我也不再写诗。无疑我们要忘记自己艺术家的身份。最终她不得不杀死自己的感受力，使自己变得越来越麻木；我则杀死了自己的想象力，让自己更加迟钝。她和我的脸上都写着强烈的拒绝。不同的是，她拒绝整个世界，我则被整个世界拒绝。唯一的出路是消失，她最终选择离开。

而我，靠着她卖画赚来的两辈子都花不完的钱，衣食无忧地虚度每一天，豢养出来的孤独越来越大，像头猪。

寒　蝉

　　电梯在四十九层突然停了下来。周先知回想起上次停电被关在电梯里的情形来。更可怕的事情出现了：电梯失控，急剧下掉！本来只差两层，周先知就能到达自己住的第五十一层。

　　刚才，正当他拿着财务报表敲开处长办公室时，手机响了。他收到一张微信图片：是一个高大威猛的长发男子背影；男子的前面，是一道再熟悉不过的开启的防盗门。

　　图片是他雇的一个私家侦探发来的。

　　周先知急中生智，弓起身子，一只手按肚子，另一只手举着报表说：“哎呀，哎呀，老毛病又犯了，胃疼得不行！我得去医院看看。”

　　处长抢过报表，面露厌恶表情，摔给一个时髦网络语：“哥屋恩（gun）！”

　　唉，滚就滚吧，谁叫他是处长呢？官大一级压死人。尽管周先知心里灰暗得有如今天早晨出门时的天空，但脸上还做出一副讨好的样子。

单位与自己家小区只隔着两条马路。周先知几乎是一路小跑，往家里赶。

一种期待已久的谜底马上被揭晓的兴奋和揭晓之后不知如何处置的焦虑交织着，攥紧了他怦怦直跳的小心脏。但，先不管那么多了！

妻子之前是自己大学师妹，低自己两个年级。他俩是当年的金童玉女，谈恋爱时，多少人羡慕啊！恩恩爱爱，山盟海誓，永不背叛。自己当年意气风发，毕业被分在很好的单位，属年轻有为的少壮派，谁知在副职位置踏步十一年，比最耐心的磨剑过程还多一年。好几次，领导许诺提正处，宣布命令时，又毫无悬念地变成别人。妻子倒是不紧不慢，在一家文学杂志一路坐到主编位置。最近，一些风言风语传到他耳朵里，说一个年轻帅气的现代派诗人像苍蝇一样围着女主编大献殷勤……而妻子，开始对自己不冷不热。

那次，自己被关在电梯近两个小时。大热天气，不闷死，也会气死，他想自己如果不是"先知"，而是院子那些树上的知了就好了，生一对薄得可爱的蝉翼，下班了，可以直接从窗户飞回家里。后来，物业撬开电梯门，救了他出来。

他找物业理论——当初，开发商说得多么天花乱坠啊！这是高档小区，双线路供电，永远不会停电；消防措施嘛，请的世界顶级专家做方案，确保万无一失；电梯？哈，那就更不用担心了，采用全球最好电梯商家，保质期一百年，想想，你房子产权才不过七十年！——最终不了了之。

电梯迅速下落。在体会自由落体运动的过程中，周先知脑子也在高速运转，难道就这样不明不白地死啦？

"不！我死不瞑目！"他大喊一声。

凄厉的喊声，惊动了死神。死神一副天使打扮，穿一身白衣出现在面前。

"鉴于即将降临你身上的死亡纯属意外，作为弥补，我可以实现你一个愿望。赶快说吧，你的时间只有三十秒。"

"能不能让我不死？"见到死神，他像抓住了一根救命稻草。

"开什么玩笑！我只管死，不管活！"看他磨磨蹭蹭的样子，死神有些不耐烦了，"快，时间只剩十三秒了！"

"那、那、那就让这个世界充满真诚，从此不再有欺骗和谎言……"

"让世界不再有欺骗和谎言？这怎么可能！你这愿望也太荒唐了！"死神被这个临死还这么天真的人气得不轻，这个愿望别说我一个小小死神做不到，万能的上帝也做不到！死神很想一掌拍死他。这个想法对于死神太容易实现了。可是无须他老人家亲自动手，因为电梯坠地了，随着砰的一声巨响！

这一声巨响把死神也吓了一跳，他感觉空气在喊疼。死神摇摇头："我还以为你最后一个愿望会是一栋留给妻子的别墅，既宽敞又不用担心电梯出故障或突然停电；或者，是让独生子出国留学，远离这个总是被雾霾笼罩的城市。"

周先知的灵魂从尸体跳出来，瞬间化作一只蝉。

他终于可以站在枝头上了。他在枝头上一遍遍高声歌唱："让世界充满真诚，不再有欺骗和谎言！"

真的，他好开心、好开心。他再也不怕停电，再也不怕电梯坠落了。

可是这样的开心没过几天，秋天就到了。他才意识到自己不过是一只蝉。他还来不及祈祷，一阵紧似一阵的秋风便伸出无数只手，紧紧扼住他的咽喉，使他祈祷的话语没能发出声音，而夜里一场寒霜，更是毫不留情地将他冻僵，僵成一粒又黑又丑的虫尸。

"真是冥顽不化的蠢东西！"黑暗中，死神嘴角挂着一丝不易察觉的微笑。这笑，比这场秋霜还要寒冷。

刘起伦部分发表小说存目（2018—2021）

1.《哥哥们的爱情》（中篇），发表于《绿洲》（双月刊）2018 年 5 期小说栏目头条；《小说选刊》2018 年 11 期"佳作搜索"栏目推荐。

2.《白石铺的一九七八》（短篇），发表于《绿洲》（双月刊）2019 年 3 期小说栏目头条，《小说月报》2019 年 7 期转载。

3.《四月如期而至》（中篇），发表于《绿州》（双月刊）2020 年 4 期"名家之约"栏目。

4.《没有办成的生日宴》（短篇），发表于《荷塘月》2021 年总第 31 期。

5.《明月何时照我还》（中篇），发表于《绿洲》2021 年 3 期小说栏目头条。

6.《且惜今朝》（中篇），发表于《教师文学》2021 年 7 期，获得"献礼建党 100 周年"征文一等奖。

7.《想起一生后悔的事》（短篇），发表于《湛江文学》2021 年 10 期。